DU MÊME AUTEUR

Aux Éditions Gallimard

LE PROCÈS-VERBAL.

LA FIÈVRE (« L'Imaginaire », n° *253*).

LE DÉLUGE (« L'Imaginaire », n° *309*).

L'EXTASE MATÉRIELLE (« Folio essais », n° *212*).

TERRA AMATA (« L'Imaginaire », n° *391*).

LE LIVRE DES FUITES.

LA GUERRE (« L'Imaginaire », n° *271*).

LES GÉANTS (« L'Imaginaire », n° *362*).

VOYAGES DE L'AUTRE CÔTÉ (« L'Imaginaire », n° *326*).

LES PROPHÉTIES DU CHILAM BALAM.

MONDO ET AUTRES HISTOIRES (« Folio », n° *1365*; « Folioplus classiques », n° *67*. *Dossier critique réalisé par Christophe-Édouard Konaté*).

PEUPLE DU CIEL *suivi de* LES BERGES. Extrait de *Mondo et autres histoires* (« Folio », n° *3792*).

L'INCONNU SUR LA TERRE (« L'Imaginaire », n° *394*).

DÉSERT (« Folio », n° *1670*).

TROIS VILLES SAINTES.

LA RONDE ET AUTRES FAITS DIVERS (« Folio », n° *2148*).

RELATION DE MICHOACÁN.

LE CHERCHEUR D'OR (« Folio », n° *2000*).

VOYAGES À RODRIGUES, *journal* (« Folio », n° *2949*).

LE RÊVE MEXICAIN OU LA PENSÉE INTERROMPUE (« Folio essais », n° *178*).

PRINTEMPS ET AUTRES SAISONS (« Folio », n° *2264*).

ONITSHA (« Folio », n° *2472*).

ÉTOILE ERRANTE (« Folio », n° *2592*).

PAWANA (« La Bibliothèque Gallimard », n° *112*. *Accompagnement pédagogique par Bruno Doucey*).

LA QUARANTAINE (« Folio », n° *2974*).

Suite des œuvres de J.M.G. Le Clézio en fin de volume

RITOURNELLE DE LA FAIM

J.M.G. LE CLÉZIO

RITOURNELLE
DE LA FAIM

roman

nrf

GALLIMARD

*Il a été tiré de l'édition originale de cet ouvrage
quatre-vingt-dix exemplaires sur vélin pur fil
des papeteries Malmenayde numérotés de 1 à 90.*

Ma faim, Anne, Anne,
Fuis sur ton âne.

Si j'ai du goût, ce n'est guères
Que pour la terre et les pierres.
Dinn! dinn! dinn! dinn! Mangeons l'air,
Le roc, les charbons, le fer.

Mes faims, tournez. Paissez, faims,
Le pré des sons!
Attirez le gai venin
Des liserons.

Arthur Rimbaud,
Fêtes de la faim

Jemia, forever

Je connais la faim, je l'ai ressentie. Enfant, à la fin de la guerre, je suis avec ceux qui courent sur la route à côté des camions des Américains, je tends mes mains pour attraper les barrettes de chewing-gum, le chocolat, les paquets de pain que les soldats lancent à la volée. Enfant, j'ai une telle soif de gras que je bois l'huile des boîtes de sardines, je lèche avec délices la cuiller d'huile de foie de morue que ma grand-mère me donne pour me fortifier. J'ai un tel besoin de sel que je mange à pleines mains les cristaux de sel gris dans le bocal, à la cuisine.

Enfant, j'ai goûté pour la première fois au pain blanc. Ce n'est pas la miche du boulanger — ce pain-là, gris plutôt que bis, fait avec de la farine avariée et de la sciure de bois, a failli me tuer quand j'avais trois ans. C'est un pain carré, fait au moule avec de la farine de force, léger, odorant, à la mie aussi blanche que le papier sur lequel j'écris. Et à l'écrire, je sens l'eau à ma bouche, comme si le temps n'était pas passé et que j'étais directement relié à ma petite enfance. La tranche de pain fondant, nuageux, que j'enfonce dans ma bouche et à peine avalée j'en demande encore, encore, et si ma grand-mère ne le rangeait pas dans son armoire fermée à clef, je pourrais le finir en un instant, jusqu'à en être malade. Sans doute rien ne m'a pareillement satisfait, je n'ai rien goûté depuis qui a comblé à ce point ma faim, qui m'a à ce point rassasié.

Je mange le Spam américain. Longtemps après, je garde les boîtes de métal ouvertes à la clef, pour en faire des navires de guerre que je peins soigneusement en gris. La pâte rose qu'elles contiennent, frangée de gélatine, au goût légèrement savonneux, me remplit de bonheur. Son odeur de viande fraîche, la fine pellicule de graisse que le pâté laisse sur ma langue, qui tapisse le fond de ma gorge. Plus tard, pour les autres, pour ceux qui n'ont pas connu la faim, ce pâté doit être synonyme d'horreur, de nourriture pour les pauvres. Je l'ai retrouvé vingt-cinq ans plus tard au Mexique, au Belize, dans les boutiques de Chetumal, de Felipe Carrillo Puerto, d'Orange Walk. Cela s'appelle là-bas *carne del diablo*, viande du diable. Le même Spam dans sa boîte bleue ornée d'une image qui montre le pâté en tranches sur une feuille de salade.

Le lait Carnation aussi. Sans doute distribué dans les centres de la Croix-Rouge, de grandes boîtes cylindriques décorées de l'œillet carmin. Longtemps, pour moi, c'est la douceur même, la douceur et la richesse. Je puise la poudre blanche à pleines cuillerées que je lèche, à m'en étouffer. Là aussi, je puis parler de bonheur. Aucune crème, aucun gâteau, aucun dessert par la suite ne m'aura rendu plus heureux. C'est chaud, compact, à peine salé, cela crisse contre mes dents et les gencives, coule en liquide épais dans ma gorge.

Cette faim est en moi. Je ne peux pas l'oublier. Elle met une lumière aiguë qui m'empêche d'oublier mon enfance. Sans elle, sans doute n'aurais-je pas gardé mémoire de ce temps, de ces années si longues, à manquer de tout. Être heureux, c'est n'avoir pas à se souvenir. Ai-je été malheureux? Je ne sais pas. Simplement je me souviens un jour de m'être réveillé, de connaître enfin l'émerveillement des sensations rassasiées. Ce pain trop blanc, trop doux, qui sent trop bon, cette huile de poisson qui coule dans ma gorge, ces cristaux de gros sel, ces cuillerées de lait en poudre qui forment une pâte au fond de ma bouche, contre ma langue, c'est quand je commence à vivre. Je sors des années grises, j'entre dans la lumière. Je suis libre. J'existe.

C'est d'une autre faim qu'il sera question dans l'histoire qui va suivre.

I

LA MAISON MAUVE

Ethel. Elle est devant l'entrée du parc. C'est le soir. La lumière est douce, couleur de perle. Peut-être qu'un orage gronde sur la Seine. Elle tient très fort la main de Monsieur Soliman. Elle a dix ans à peine, elle est encore petite, sa tête arrive à peine à la hanche de son grand-oncle. Devant eux, c'est comme une ville, construite au milieu des arbres du bois de Vincennes, on voit des tours, des minarets, des dômes. Dans les boulevards alentour la foule se presse. Soudain, l'averse qui menaçait crève, et la pluie chaude fait monter une vapeur au-dessus de la ville. Instantanément des centaines de parapluies noirs se sont ouverts. Le vieux monsieur a oublié le sien. Alors que les grosses gouttes commencent à tomber, il hésite. Mais Ethel le tire par la main, et ensemble ils courent à travers le boulevard vers l'auvent de la porte d'entrée, devant les fiacres et les autos. Elle le tire par la main gauche, et de la droite son grand-oncle maintient son chapeau noir en équilibre sur son crâne pointu. Quand il court, ses favoris gris s'écartent en cadence, et ça fait rire Ethel et, de la voir rire, il rit aussi, tant et si bien qu'ils s'arrêtent pour s'abriter sous un marronnier.

C'est un endroit merveilleux. Ethel n'a jamais rien vu, ni rêvé de tel. Passé l'entrée, arrivés par la porte de

Picpus, ils ont longé le bâtiment du musée, devant lequel se presse la foule. Monsieur Soliman n'est pas intéressé. « Des musées, tu pourras toujours en voir », dit-il. Monsieur Soliman a une idée en tête. C'est pour ça qu'il a voulu venir avec Ethel. Elle a essayé de savoir, depuis des jours elle lui pose des questions. Elle est bien rusée, c'est ce que son grand-oncle lui dit. Elle sait arracher les vers du nez. « Si c'est une surprise, et que je te le dis ? Où est la surprise ? » Ethel est revenue à la charge. « Tu peux au moins me faire deviner. » Il est assis dans son fauteuil, après dîner, à fumer son cigare. Ethel souffle sur la fumée du cigare. « Ça se mange ? Ça se boit ? C'est une belle robe ? » Mais Monsieur Soliman reste ferme. Il fume son cigare et boit son cognac, comme tous les soirs. « Tu le sauras demain. » Ethel, après cela, ne peut pas dormir. Toute la nuit, elle tourne et vire dans son petit lit en métal qui grince fort. Elle ne s'endort qu'à l'aube, et elle a du mal à se réveiller à dix heures, quand sa mère vient la chercher pour le déjeuner chez les tantes. Monsieur Soliman n'est pas encore là. Pourtant le boulevard du Montparnasse n'est pas loin de la rue du Cotentin. Un quart d'heure de marche, et Monsieur Soliman marche bien. Il marche bien droit, son chapeau noir vissé sur son crâne, avec sa canne à bec d'argent qui ne touche pas le sol. Malgré le brouhaha de la rue, Ethel dit qu'elle l'entend arriver de loin, le bruit rythmé des talons de fer de ses bottes sur le trottoir. Elle dit qu'il fait un bruit de cheval. Elle aime bien comparer Monsieur Soliman à un cheval, et à lui non plus cela ne déplaît pas, et de temps en temps, malgré ses quatre-vingts ans, il la juche sur ses épaules pour aller se promener au jardin public et, comme il est très grand, elle peut toucher les branches basses des arbres.

La pluie a cessé, ils marchent en se tenant la main, jusqu'au bord du lac. Sous le ciel gris, le lac paraît très grand, courbé, pareil à un marécage. Monsieur Soliman parle souvent des lacs et des marigots qu'il a vus autrefois, en Afrique, quand il était médecin militaire, au Congo français. Ethel aime le faire parler. Il n'y a qu'à elle que Monsieur Soliman raconte ses histoires. Tout ce qu'elle connaît du monde, c'est ce qu'il lui a raconté. Sur le lac, Ethel aperçoit des canards, un cygne un peu jaune qui a l'air de s'ennuyer. Ils passent devant une île sur laquelle on a construit un temple grec. La foule se presse pour passer le pont en bois et Monsieur Soliman demande, mais c'est évident que c'est par acquit de conscience : « Tu veux… ? » Il y a trop de monde, et Ethel tire son grand-oncle par la main. « Non, non, allons tout de suite en Inde ! » Ils longent le bord du lac en remontant le courant de la foule. Les gens s'écartent devant ce grand homme vêtu de son pardessus à capote et coiffé de son chapeau archaïque, et cette petite fille blonde endimanchée dans sa robe à smocks, chaussée de bottines. Ethel est fière d'être avec Monsieur Soliman. Elle a l'impression d'être dans la compagnie d'un géant, d'un homme qui peut ouvrir un chemin dans n'importe quel désordre du monde.

La foule va dans l'autre sens, maintenant, vers le bout du lac. Au-dessus des arbres, Ethel voit des tours étranges, couleur de ciment. Sur un écriteau, elle lit le nom, avec difficulté :

« Ang… kor…

— Vat ! termine Monsieur Soliman. Angkor Vat. C'est le nom d'un temple du Cambodge. Il paraît que c'est réussi mais, avant, je veux te montrer quelque chose. » Il a une idée en tête. Et puis, Monsieur Soliman ne veut pas marcher dans le même sens que la foule. Il se méfie des mouvements collectifs. Ethel a souvent entendu dire de son grand-oncle : « C'est un original. » Sa mère le défend, sans doute parce que c'est son oncle : « Il est très gentil. »

Il l'a élevée durement. À la mort de son père, c'est lui qui l'a prise en charge. Mais elle ne le voyait pas souvent, il était toujours au loin, à l'autre bout du monde. Elle l'aime. Elle est peut-être encore plus touchée que ce vieux grand homme ait une passion pour Ethel. C'est comme si elle voyait s'ouvrir enfin son cœur, au terme d'une vie solitaire et endurcie.

Sur le côté, un chemin s'éloigne de la rive. Les promeneurs sont moins nombreux. Un écriteau dit : VIEILLES COLONIES. En dessous les noms sont écrits, Ethel les lit lentement :

RÉUNION
GUADELOUPE
MARTINIQUE
SOMALIE
NOUVELLE-CALÉDONIE
GUYANE
INDE FRANÇAISE

C'est ici que Monsieur Soliman veut aller.

C'est dans une clairière, un peu en retrait du lac. Des huttes à toit de chaume, d'autres construites en dur, avec des piliers qui imitent les troncs de palmier. On dirait un village. Au centre, une sorte de place couverte de gravillons où des chaises ont été disposées. Quelques visiteurs sont assis, des femmes en robes longues qui ont encore leurs parapluies ouverts, mais maintenant c'est le soleil qui est de la partie et les parapluies servent d'ombrelles. Les messieurs ont étalé des mouchoirs sur les chaises pour absorber les gouttes de pluie.

« Comme c'est joli ! » Ethel n'a pu s'empêcher de s'exclamer devant le pavillon de la Martinique. Sur le fronton de la maison (style hutte, là aussi) sont représentées en ronde bosse toutes sortes de fleurs et de fruits exotiques, ananas, papayes, bananes, bouquets d'hibiscus et d'oiseaux du paradis.

« Oui, c'est très joli… tu veux visiter ? »

Mais il a posé la question comme tout à l'heure, de la même voix hésitante, et de plus, il tient Ethel par la main et il reste immobile. Elle comprend, elle dit : « Plus tard, si tu veux ?

— De toute façon, il n'y a rien là-dedans. » Par la porte, Ethel aperçoit une Antillaise coiffée d'un turban rouge, qui regarde au-dehors sans sourire. Elle pense qu'elle aimerait la voir, toucher sa robe, lui parler, elle a une expression si triste sur son visage. Mais elle n'en dit rien à son grand-oncle. Il l'entraîne à l'autre bout de la place, vers le pavillon de l'Inde française.

La maison n'est pas très grande. Elle n'attire pas le monde. La foule passe sans s'arrêter, coule d'un même mouvement, complets noirs, chapeaux noirs et le froufrou léger des robes des femmes, leurs chapeaux à plumes, à fruits, à voilettes. Quelques enfants qui traînent jettent des regards furtifs de côté, vers eux, Ethel et Monsieur Soliman qui remontent, qui traversent. Ils vont vers les monuments, les rochers, les temples, ces grandes tours qui surnagent au-dessus des arbres pareilles à des artichauts.

Elle n'a même pas demandé ce que c'est, là-bas. Il a dû grommeler une explication : « C'est la copie du temple d'Angkor Vat, je t'emmènerai voir le vrai, un jour, si tu veux. » Monsieur Soliman n'aime pas les copies, il ne s'intéresse qu'à la vérité, c'est tout.

Il est arrêté devant la maison. Son visage sanguin exprime un parfait contentement. Sans un mot, il serre la main d'Ethel et ensemble ils gravissent les marches en bois qui mènent au perron. C'est une maison très simple, en bois clair, entourée d'une véranda à colonnes. Les fenêtres sont hautes, grillées de moucharabiehs en bois sombre. Le toit presque plat, garni de tuiles vernies, est surmonté d'une sorte de tourelle à créneaux. Quand ils entrent, il n'y a personne. Au centre de la maison, une cour intérieure, éclairée par la tour, baigne dans une lumière mauve étrange. Sur le côté du patio, un bassin circulaire reflète le ciel. L'eau est si calme qu'Ethel a cru un instant que c'était un miroir. Elle s'est arrêtée, le cœur battant, et Monsieur Soliman lui aussi reste immobile, la tête un peu renversée en arrière pour regarder la coupole au-dessus du patio. Dans des niches de bois disposées en octogone régulier, des barres électriques diffusent une couleur, légère, irréelle comme une fumée, couleur d'hortensia, couleur de crépuscule au-dessus de la mer.

Quelque chose tremble. Quelque chose d'inachevé, un peu magique. Qu'il n'y ait personne, sans doute. Comme si c'était ici le vrai temple, abandonné au milieu de la jungle, et Ethel croirait entendre la rumeur dans les arbres, des cris aigus et rauques, le pas soyeux des fauves dans le sous-bois, elle frissonne et se serre contre son grand-oncle.

Monsieur Soliman ne bouge pas. Il est immobile au

centre du patio, sous le dôme de lumière, la lueur électrique teint son visage en mauve et ses favoris sont deux flammes bleues. Maintenant, Ethel l'a compris : c'est l'émotion de son grand-oncle qui la fait frissonner. Pour qu'un homme si grand et si fort soit immobile, c'est qu'il y a un secret dans cette maison, un secret merveilleux et dangereux et fragile, et qu'au moindre mouvement tout s'arrêtera.

Voici qu'il parle comme si tout cela était à lui.

« Là, je mettrai mon secrétaire, là mes deux bibliothèques… Là mon épinette et, au fond, les statues africaines en bois noir, avec l'éclairage elles seront chez elles, je pourrai enfin dérouler mon grand tapis berbère… »

Elle ne comprend pas bien. Elle suit le grand homme tandis qu'il va d'une pièce à l'autre, avec une sorte d'impatience qu'elle ne connaissait pas. Enfin il retourne au patio, et s'assoit sur les marches du perron, pour regarder le bassin miroir du ciel, et c'est comme s'ils contemplaient ensemble un coucher de soleil sur la lagune, loin, quelque part ailleurs, à l'autre bout du monde, en Inde, à l'île Maurice, le pays de son enfance.

C'est comme un rêve. Quand elle y pense, c'est la couleur mauve, et le disque étincelant du bassin qui reflète le ciel, qui l'envahit. Une fumée qui vient d'un temps très lointain, très ancien. Maintenant, tout a disparu. Ce qui reste, ce ne sont pas des souvenirs, comme si elle n'avait pas été enfant. L'Exposition coloniale. Elle a gardé des babioles de ce jour-là, quand elle marchait dans les allées gravillonnées avec Monsieur Soliman.

« Ici, je mettrai mon vieux rocking-chair, ce sera comme sous la varangue, et quand il pleuvra je regarderai les gouttes piquer l'eau du bassin. Il pleut beaucoup à Paris… Et puis j'élèverai des crapauds, juste pour les entendre annoncer la pluie…

— Qu'est-ce qu'ils mangent, les crapauds ?

— Des moucherons, des papillons de nuit, des mites. Il y a beaucoup de mites à Paris…

— Il faudra des plantes aussi, des plantes plates, qui font des fleurs mauves.

— Oui, des lotus. Plutôt des nymphéas, les lotus mourraient en hiver. Mais pas dans le bassin rond. J'aurai un autre bassin pour les crapauds, au fond du jardin. Celui-là, le bassin miroir, je veux qu'il reste aussi lisse qu'une assiette pour que le ciel se regarde. »

L'idée fixe de Monsieur Soliman, seule Ethel pouvait la comprendre. Quand il avait vu les plans de l'Exposition, il avait tout de suite choisi le pavillon de l'Inde, et l'avait acheté. Il avait balayé les projets de son neveu. Pas d'immeuble sur son terrain, pas question de toucher à un seul arbre. Il avait fait planter les paulownias, les coculus, les lauriers d'Inde. Tout était prêt pour accueillir sa folie.

« Moi, je n'ai pas vocation à être tenancier. »

Pour contrer les projets d'Alexandre, il avait fait d'Ethel sa légataire. Évidemment elle n'en a rien su. Ou peut-être qu'il le lui a dit, un jour. C'était peu de temps après sa visite à l'Exposition. Les pièces détachées du pavillon de l'Inde française commencèrent à s'accumuler dans le jardin de la rue de l'Armorique. Pour les protéger de la pluie, Monsieur Soliman les a recouvertes d'une grande bâche laide et noire. Puis il a emmené Ethel jusqu'à la palissade qui masquait le jardin. Il a ouvert le cadenas de la porte, et elle a vu ces piles noires qui luisaient au fond du terrain, elle est restée pétrifiée.

« Tu sais ce que c'est? a finassé Monsieur Soliman.

— C'est la Maison mauve. »

Il l'a regardée avec admiration.

« Eh bien, tu as raison. » Il a ajouté : « La Maison mauve, ça sera donc son nom, c'est toi qui l'as trouvé. » Il serrait sa main, et elle croyait voir déjà le patio, les galeries, et la vasque miroir, qui reflétait le ciel gris. « Ça sera à toi. Rien qu'à toi. »

Mais il n'en a plus reparlé. De toute façon, Monsieur Soliman était comme ça. Il disait quelque chose une fois, et il ne le répétait jamais.

Il avait longtemps attendu. Peut-être trop longtemps. Peut-être qu'il préférait rêver à ce qui serait plutôt que l'entreprendre. Les pièces détachées de la Maison mauve restaient sous leur bâche de tarpaulin, au fond du jardin, et les ronces commençaient à les envahir. Mais Monsieur Soliman emmenait toujours Ethel religieusement, au moins une fois par mois, sur le terrain. En hiver, les arbres alentour étaient nus, mais ceux qu'avait fait planter Monsieur Soliman résistaient. Le coculus et les lauriers d'Inde formaient des panaches de feuilles vert sombre, qui évoquaient l'entrée d'une forêt plutôt qu'un jardin de ville. Le terrain voisin appartenait à un certain M. Conard, cela ne s'invente pas. C'était un des plus anciens habitants du quartier, fils de celui qui avait ouvert la rue en 1887. Il se croyait investi d'une autorité, un jour il a pris à partie Monsieur Soliman : « J'ai constaté que, du fait du feuillage de vos arbres exotiques, mes cerisiers sont à l'ombre entre midi et trois heures. »

Le grand-oncle d'Ethel avait eu cette réponse fou-droyante : « Eh bien moi, Monsieur, je vous emmerde. » C'était la première fois qu'Ethel entendait cette expression, rapportée par son père qui s'esclaffait. Que l'oncle pût avoir un langage de charretier ou plutôt de soldat (c'était le commentaire d'Alexandre) avait ravi Ethel. En même temps, elle savait qu'elle ne pourrait pas prononcer ces mots, surtout devant celui qui les avait dits. Mais c'était bien ainsi.

Avant même que les travaux de la Maison mauve aient pu commencer, Monsieur Soliman est tombé malade. La dernière fois qu'Ethel est allée avec lui sur le terrain, elle a vu une chose étrange. La végétation folle qui avait envahi le jardin avait été tondue à ras, et la bâche de tarpaulin dégagée des ronces. Sur la porte en bois donnant sur la rue, un panneau affichait le permis de construire. Il précisait, elle ne l'a pas oublié : « Construction d'une maison d'habitation en bois, sans étage. » Monsieur Soliman avait dû se battre contre son ennemi Conard, qui s'opposait à ce projet susceptible, à ce qu'il disait, d'attirer les termites dans Paris. Mais l'appui de l'architecte qui avait conçu le bungalow, un certain Perotin, avait convaincu le service de l'urbanisme, et le permis avait été donné.

Sur le terrain mis à nu, des piquets avaient été plantés et, entre ces piquets, un réseau de ficelles traçait les plans de la maison. Ce qui avait étonné Ethel, c'étaient des traits de couleur mauve marqués sur la terre. De la craie, dont les ficelles étaient enduites, qui en frappant le sol avaient laissé ces traces. Monsieur Soliman avait montré à Ethel comment on imprimait ces marques. Du bout de la canne, en soulevant la corde, puis la relâchant, avec le bruit d'un arc qu'on détend. Cela a fait un dzing! profond, incrustant encore un peu de poudre mauve dans la terre.

C'était la dernière fois. C'est le souvenir qu'Ethel a gardé, comme si la lumière douce qui éclairait l'intérieur de la Maison mauve avait teinté jusqu'à la poudre de craie marquée sur le sol du jardin.

Cet hiver-là, quand Ethel est entrée dans sa treizième année, Monsieur Soliman est mort. D'abord il a été malade. Il étouffait. Il était couché tout de son long sur son lit, dans la chambre de son appartement du bou-levard du Montparnasse. Elle l'a vu très pâle, un visage mangé de barbe, ses yeux sans expression, et elle a eu peur. Il a grimacé, il a dit : « C'est difficile de mourir… c'est long, c'est long. » Comme si elle pouvait com-prendre. En revenant, elle a répété à sa mère ce qu'avait dit Monsieur Soliman. Mais sa mère n'a rien expliqué. Elle a seulement soupiré : « Il faut bien prier pour ton grand-oncle. » Ethel n'a pas prié, parce qu'elle ne savait pas quoi demander. Qu'il meure vite, ou qu'il guérisse ? Elle a seulement pensé à la Maison mauve, en souhaitant que Monsieur Soliman ait assez de temps pour la faire sortir de sa bâche de toile goudronnée et bâtir sur les traces.

Mais il avait plu beaucoup en octobre, et elle a pensé que les traces s'étaient effacées. C'est peut-être à cet instant qu'elle a compris que son grand-oncle allait mourir.

Xénia

Ethel ne se souvient plus de la première fois où elles se sont rencontrées. Peut-être à la boulangerie de la rue de Vaugirard, ou bien devant le lycée de filles de la rue Marguerin. Elle revoit la rue très grise, du gris de Paris quand il pleut, un gris qui envahit tout et entre au fond de vous jusqu'à en pleurer. Son père a coutume de se moquer du ciel de Paris, de son soleil pâle. « Un cachet d'aspirine. Un pain à cacheter. » Le soleil de Maurice, ça doit être autre chose.

Dans tout ce gris, elle était une tache blonde, un éclat. Pas très grande pour son âge, une douzaine d'années, peut-être plus déjà. Ethel n'a jamais su l'âge réel de Xénia. Elle est née quand sa mère avait fui la Russie après la révolution. La même année son père est mort en prison, peut-être même qu'il a été fusillé par les révolutionnaires. Sa mère est allée de Saint-Pétersbourg vers la Suède, puis de pays en pays, jusqu'à Paris. Xénia a grandi dans une petite ville d'Allemagne près de Francfort. Ce sont les bribes d'histoire qu'Ethel a apprises, et d'ailleurs, pour ne pas oublier, elle a ouvert un petit carnet sur la première page duquel elle a écrit, un peu solennellement : « Histoire de Xénia jusqu'ici. »

Elle lui a parlé. Ou bien est-ce Xénia qui lui a parlé la première ? Dans toute cette foule, dans tout ce gris,

Ethel l'a regardée comme un soleil plus vrai que le pain à cacheter. Elle se souvient du battement de son cœur, à cause de sa beauté. Son visage d'ange, la peau très claire et un peu mate à la fois, imprégnée d'un léger hâle doré à la fin de l'été, et cette chevelure d'or nouée au sommet de la tête, comme les anses d'un panier tressé de blé, mêlée de fils de laine rouge, et la robe qu'elle avait, une longue robe claire à volants, toute simple en dépit d'une broderie de fil rouge sur sa poitrine, la taille si fine qu'on aurait pu l'entourer d'une main (la main large de Monsieur Soliman, sans doute).

Ce sont les yeux de Xénia. Elle n'avait jamais vu des yeux comme les siens. D'un bleu pâle, un peu cendré — couleur d'ardoise délavée, couleur de la mer du Nord, a-t-elle pensé — mais ce n'est pas cette couleur qui l'a étonnée. Monsieur Soliman aussi a des yeux bleus, couleur de myosotis, très lumineux. Ce qu'elle a remarqué presque aussitôt, c'est qu'ils donnaient au visage de Xénia une expression de tristesse douce — ou plutôt le sentiment d'un regard lointain, venu du profond du temps, chargé de souffrance et d'espérance, comme s'ils filtraient à travers une poussière de cendre. Bien sûr, elle n'a pas pensé à tout ça sur l'instant. Cela s'est expliqué au fil des mois et des années, au fur et à mesure qu'Ethel reconstituait l'histoire de Xénia. Mais ce jour-là, dans la rue grise et crachineuse, un temps de rentrée des classes, le regard de la jeune fille l'a pénétrée jusqu'au fond de son âme d'un éclat indistinct et violent, et elle a senti son cœur battre plus fort.

Elle était avec d'autres filles dont elle a oublié jusqu'aux prénoms, qui attendaient sagement d'entrer dans l'école pour le cours de poésie de Mlle Kohler, cette étrange vieille fille sur laquelle les élèves racontaient des histoires folles et comiques d'amours déçues, de fortune jouée aux courses, de traficotages et d'expédients pour survivre. Elle, Ethel, n'écoutait pas. Elle avait fixé la nouvelle venue, impossible d'en détacher son regard, elle avait dit, à voix presque basse, s'adressant à ses camarades : « Vous avez vu cette fille ? »

Xénia l'a tout de suite remarquée. Dans la cour de l'école, elle est venue droit vers Ethel, elle a tendu la main : « Je m'appelle Xénia Antonina Chavirov. » Elle avait cette façon de dire le x de son prénom, en chuintant doucement du fond de la gorge, qu'Ethel trouva aussitôt merveilleuse, comme son nom de famille — les autres filles n'avaient pas manqué de faire leur plaisanterie facile, Chavirov, tu chavires ?... Sur son petit mémo noir, avec un crayon miniature, Xénia a écrit son nom, elle a arraché la page et l'a tendue à Ethel en disant : « Je n'ai pas de carte de visite, excuse-moi. » Le nom, le petit carnet noir, la carte de visite, c'était trop pour Ethel, elle a serré la main de Xénia : « Je veux être ton amie. » Xénia a eu un sourire, mais ses yeux bleus restaient voilés de mystère. « Bien sûr, moi aussi je veux être ton amie. » Sur le petit carnet noir, comme un pacte solennel, Ethel a écrit son nom et son adresse. Sans savoir pourquoi, peut-être pour éblouir Xénia, pour être sûre de valoir son amitié, elle a un peu menti. « Nous habitons là, mais nous allons bientôt changer. Dès que la maison de mon grand-oncle sera finie, nous irons tous vivre avec lui. » Pourtant, déjà à ce moment-là, Ethel savait que la Maison mauve n'était pas pour demain, ni pour après-demain. La santé de Monsieur Soliman déclinait, et son rêve s'éloignait.

Il ne sortait plus guère de son appartement, avait même renoncé aux promenades quotidiennes au Luxembourg. Quand elle passait devant la porte en bois du jardin, rue de l'Armorique, Ethel sentait son cœur se serrer.

Une fois, après l'école, elle a emmené Xénia jusque-là. Xénia allait et revenait toujours seule de l'école, et pour cela Ethel l'admirait encore davantage. Ce jour-là, Ethel a prévenu sa mère. « Inutile de venir me chercher, je viendrai avec mon amie Xénia, qui est russe, tu sais ? » Sa mère l'a regardée avec perplexité. Ethel a conclu à la hâte : « Après, nous viendrons goûter. Je lui ferai le thé. Xénia boit beaucoup de thé. »

Arrivées au terrain de la rue de l'Armorique, sur la pointe des pieds, elles se sont haussées jusqu'aux fentes du bois pour regarder à travers la porte. « C'est grand ! » s'est exclamée Xénia. Elle a ajouté, et jamais Ethel n'y avait songé auparavant : « Ton grand-oncle est un homme très riche. »

Un après-midi d'automne, Ethel a emmené Xénia jusqu'au jardin. Dans la poche de la veste de Monsieur Soliman, elle a pris la clef de la porte en bois, une grosse clef en fer rouillé qui semblait devoir ouvrir une porte secrète dans un château. Elle avait un peu honte de la prendre sans demander à son grand-oncle. Monsieur Soliman somnolait dans sa chambre, son grand corps étendu sous un drap blanc, et ses pieds immenses faisaient un pic au bout du lit. Il ne s'était même pas aperçu de la visite d'Ethel. Depuis un certain temps déjà, tout lui était indifférent.

Devant la porte du jardin, Ethel a montré la clef à Xénia. Son impatience était communicative. Xénia a eu un rire nerveux, elle a pris la main d'Ethel. « Tu es sûre que nous pouvons ? »

Elles jouaient à se faire peur. Le vieux mur de pierres rouge et ocre, cassées à coup de marteau, à peine jointoyées, était envahi de lichen et de vigne vierge et, depuis la maladie de Monsieur Soliman, personne ne semblait se soucier de couper les lianes qui barraient la porte.

Même la serrure grippait. Ethel a dû s'y prendre à plusieurs fois avant de faire céder le pêne. La clef en tournant a produit un grincement rouillé qui a fait crier d'énervement les filles.

« Attends, je crois qu'il y a une femme qui nous regarde ! »

Xénia montrait l'autre côté de la rue, sans bouger le visage, juste avec ses yeux. « Ça ne fait rien, c'est juste une concierge. » Elles se sont engouffrées et Ethel a refermé la porte à clef de l'intérieur, comme si quelqu'un allait pousser derrière elles pour entrer. « Viens, je vais te montrer notre secret ! » Ethel tenait Xénia par la main. La main de Xénia était petite et douce, une main d'enfant, et Ethel était émue de sentir cette main dans la sienne, comme une promesse d'amitié que rien ne pourrait défaire. Plus tard, elle s'est souvenue de ce premier instant, du battement de son cœur. Elle a pensé : « Enfin, j'ai trouvé une amie. »

L'après-midi dans le jardin de la rue de l'Armorique a été long, très long. Passé le premier moment à examiner le tas de planches envahi de ronces, les deux jeunes filles se sont assises au fond du jardin, à l'abri d'une tonnelle où Monsieur Soliman avait installé autrefois un banc pour rêver à son aise. Il faisait humide en cet après-midi d'automne, mais un pâle soleil éclairait le mur de pierres au fond du terrain. Un lézard brun était sorti du mur, pour les observer de ses petits yeux brillants comme des boutons de métal.

Jamais Ethel n'avait parlé comme cela à personne. Il lui semblait que tout d'un coup elle était plus libre. Elle riait, elle racontait des anecdotes, elle se souvenait de détails qui s'étaient accumulés depuis son enfance. Elle parlait de projets, d'idées, d'une tenue de bal, elle sortait de la poche de son cardigan un dessin de mode : « Là, une ceinture à paillettes pour une robe bleue, et une jupe en satin noir, et, par-dessus, une tunique violette, et une blouse en lamé or, une tunique de dentelle, ou bien, regarde, là, une blouse en satin noir avec du tulle. » Xénia regardait le dessin. « Qu'est-ce que tu en penses ? » Avant même que la jeune fille ne puisse répondre, Ethel enchaînait : « Des escarpins en or, non, peut-être un peu voyant, un peu tape-à-l'œil ? » Elle se reculait, comme si elle voyait Xénia porter les modèles. « Tu sais, tu es si belle, j'aimerais que ce soit pour t'habiller, je dessinerais les robes et c'est toi qui les mettrais. »

Elle imaginait Xénia, habillée de bleu électrique, ses longs cheveux d'or cascadant sur ses épaules nues, ses mains si petites, si fines, gantées de noir jusqu'aux coudes, ses pieds chaussés de sandales en cuir, de spartiates, de souliers vernis comme pour les petites filles. Toutes les deux riaient, elles se levaient, elles marchaient sur le tapis de feuilles mortes comme si c'était le grand tapis rouge d'un hôtel de mode. Elles oubliaient tout, les difficultés de la vie pour Xénia, la pauvreté pour elle et sa sœur, leur vie de mendiantes. Pour Ethel, les disputes entre son père et sa mère, les ragots qui couraient sur la liaison de son père avec Maude, et Monsieur Soliman couché sur son lit, habillé comme s'il allait partir en voyage. Ethel avait entendu la bonne Ida raconter à sa mère qu'il avait demandé qu'on l'habille chaque matin et qu'on lace ses souliers, parce qu'il savait qu'il était en train de mourir.

Elles ont pris l'habitude de venir presque chaque jour, après l'école. Afin de rester avec Xénia, Ethel mentait un peu. Elle disait qu'elle allait chez son amie, pour l'aider à faire ses devoirs de français. Jamais Xénia ne l'avait invitée chez elle. À vrai dire, Ethel ne savait même pas où elle habitait. Une ou deux fois, elles avaient marché ensemble jusqu'à la rue de Vaugirard, et Xénia avait montré vaguement la descente : « Voilà, j'habite par là. »

Ethel comprenait qu'elle ne voulait pas qu'on sache l'état de leur détresse, leur logement pitoyable. Un jour qu'elle parlait de l'endroit où elle vivait, elle avait dit en ricanant un peu : « Tu sais, notre appartement c'est comme un hangar, c'est si petit qu'on roule les matelas chaque matin pour pouvoir marcher. »

Ethel avait honte d'être riche, d'habiter un grand appartement au rez-de-chaussée, d'avoir une chambre pour elle, avec une porte-fenêtre qui s'ouvrait sur un jardin fleuri. Elle enviait l'existence de Xénia, sa sœur avec qui elle dormait, leur logement étroit, les bruits de voix, et même l'inquiétude du lendemain. Elle imaginait l'atmosphère d'une vie d'aventures, les difficultés d'argent, la quête des moyens de survivre. Les après-midi au jardin de l'Armorique, c'étaient des moments privilégiés. Elles bavardaient, assises sur le banc vermoulu, sans sentir le froid. Quand il pleuviotait, elles ouvraient leurs ombrelles et se serraient l'une contre l'autre. Parfois, quand elle arrivait directement de chez elle, Xénia apportait du thé dans une bouteille enveloppée dans un chiffon de laine, et deux gobelets d'argent, sans doute

un reste de la gloire de la famille Chavirov. Ethel goû-
tait le thé brûlant, un peu âcre, excitant. Elles avaient
des rires, même des fous rires. Pour rendre la pareille,
Ethel est venue un jour avec sa théière, dans le coffret
chinois pour pique-nique, celle que la tante Willelmine
avait rapportée de Maurice, et lui avait donnée. Xénia a
admiré le capitonnage rouge, la théière chinoise, et les
mignonnes tasses sans anses, mais le thé à la vanille était
trop doux pour elle, elle a fait la grimace. « Tu n'aimes
pas ? » a dit Ethel, le cœur serré. Xénia a eu un petit rire.
« Ce n'est rien, c'est juste du thé. Si ça ne te fait rien, il
vaut mieux que j'apporte le mien, comme d'habitude. »
Ethel a oublié la déconvenue. Le « comme d'habitude »
était du miel dans son cœur, cela voulait dire qu'on continuerait, elle en a ressenti une telle gratitude que des
larmes ont débordé de ses yeux, et elle s'est détournée
pour que Xénia ne s'en rende pas compte.

Par bribes, Xénia racontait sa vie. Ethel ne l'interrogeait pas. Elle savait que Xénia ne dirait que ce qu'elle
avait décidé de révéler, que ce n'étaient pas des confi-
dences, mais une sorte de don qu'elle faisait, pour sceller
leur amitié. Une sorte de pacte. Elle parlait de la grande
maison des Chavirov, à Saint-Pétersbourg. Des fêtes qu'ils
donnaient, où tout le monde alentour pouvait venir,
nobles et fermiers, des soldats, des artisans et des artistes.
Elle en parlait avec feu, comme si elle y avait été et pourtant
c'était avant sa naissance, avant la révolution, quand son
père et sa mère étaient jeunes mariés. Alors ils croyaient
à l'idéal, ils avaient confiance dans l'ère nouvelle. Ils
pensaient qu'ils vivraient toujours. Xénia a apporté une

photo, déjà jaunie et tachée, comme si le temps voulait effacer cette époque. Sur la photo, Ethel a vu un jeune homme avec des cheveux longs et une barbe romantique, très brun, vêtu d'un costume élégant. À côté de lui, c'était la mère de Xénia, une jolie femme blonde coiffée d'un lourd chignon, vêtue d'une robe longue blanche à plis et d'un corsage brodé comme les paysannes. « Elle s'appelle Martina, a dit Xénia. Son costume, c'est celui des filles de Vilnius, elle est lituanienne. » Derrière les jeunes mariés, on distinguait un décor de photographe, un temple grec, des jardins suspendus. Cela avait un air d'éternel été.

Xénia se livrait un peu. Elle qui présentait généralement un visage impassible, avec un sourire figé, et cet air de se surveiller et de ne jamais rien laisser échapper, soudain s'effondrait sur l'épaule d'Ethel, et sa voix devenue rauque, étouffée, ne contrôlait plus son accent. « C'est si dur de vivre… » Elle avait une ride qui creusait son front entre les sourcils, ses yeux bleu-gris s'embuaient. Avec une solennité imprévue : « La vie quelquefois est si difficile… » Ethel serrait sa main, l'embrassait. Elle savait qu'elle ne pouvait rien dire. Sa propre vie, le fossé qui se creusait chaque jour entre son père et sa mère, et les querelles à propos de l'argent, une menace diffuse et sensible d'aller vers le désastre, tout cela n'était rien à côté de ce qu'avait vécu Xénia, la mort tragique de son père, la fuite avec sa mère et ses sœurs à travers l'Allemagne, et enfin l'arrivée en France dans cette grande ville sombre et froide où il avait fallu vivre d'expédients. Est-ce qu'Ethel aurait aimé autant Xénia s'il n'y avait pas eu ce mystère en elle, dans son enfance, dans sa vie à chaque instant ? Elle découvrait cette faiblesse, elle s'en voulait, mais elle ne savait pas y résister. L'amour se nourrissait donc de ces chimères, ce sentiment pouvait être aussi impur ? Quelquefois elle avait l'impression d'être un jouet, le jouet de ses illusions, ou le jouet de cette fille, qui alternait la tristesse et la moquerie, le cynisme et la naïveté.

Peu à peu il devenait clair que Xénia prenait plaisir à dominer, à conduire sa relation avec Ethel comme un jeu. Un après-midi où elle s'était livrée, les yeux troublés de larmes, pour parler de sa mère qui travaillait dans un atelier de couture, et de sa sœur Marina qui était possédée d'une rage destructrice et menaçait de se suicider, Xénia, à la sortie des cours, semblait regretter sa faiblesse et battre froid à Ethel, évitait d'être seule avec elle, et partait dans la rue en donnant le bras à une autre fille. Ethel restait interdite, le cœur serré, s'interrogeant sur ce qu'elle avait pu dire, ou faire, pour mériter ce traitement.

Ethel rentrait chez elle, s'enfermait dans sa chambre, refusait de manger. « Qu'a-t-elle ? » demandait sa mère. Alexandre, d'un air entendu : « Il y a que ta fille est amoureuse, voilà tout. » Ethel avait capté la réflexion à travers la porte, et elle en était restée anéantie. Elle avait envie de crier : Mais vous ne savez rien, vous ne comprenez rien ! Plus tard, et les jours suivants, elle avait compris ce qui lui mordait le cœur. De la jalousie, simplement. Xénia avait mis ce poison en elle. Elle en ressentit du dépit, de la colère envers elle-même. De la jalousie, c'était donc ça ! Un sentiment banal. Le même qui rongeait sa mère, qui la faisait s'étrangler, à cause de la chanteuse Maude, un sentiment de midinette, de pauvre fille, de victime ! Cela l'étourdissait, lui donnait la nausée. Et puis, un jour, sans raison, à la sortie de l'école, Xénia était là de nouveau, qui l'attendait, jolie comme un ange, ses yeux couleur de mer, ses cheveux couleur de miel coiffés en un sage chignon retenu par un ruban de velours noir, vêtue d'une robe neuve avec une ceinture à paillettes, elle a embrassé Ethel : « Tu as vu ? Ma mère a réalisé le modèle que tu as créé ! » Ethel s'est sentie bête, ivre et bête, une coulée chaude est entrée dans son corps. Elle s'est reculée un peu pour admirer la robe de Xénia : « C'est vrai, elle te va très bien. » C'est tout ce qu'elle a trouvé à dire.

Et puis, tout d'un coup, elles sont devenues les meilleures amies du monde. Elles ne se quittaient plus, elles étaient toujours ensemble. Quand elle se levait, le matin, avant l'heure, Ethel sentait son cœur gonflé de bonheur à l'idée de rencontrer Xénia dans la journée. Elle en oubliait tout. Les tantes se plaignaient : « Tu ne viens plus nous voir, tu n'es pas fâchée, j'espère ? » Elle passait un peu le samedi après-midi, après l'éducation religieuse, avant la leçon de piano. Elle entrait en coup de vent dans le vieil appartement de Monsieur Soliman, à présent occupé par la tante Willelmine, elle embrassait la vieille dame, grignotait un biscuit, sirotait le thé à la vanille, puis s'en allait en descendant l'escalier quatre à quatre, pour ne pas avoir à attendre l'ascenseur. Elle séchait le cours de piano pour retrouver Xénia sur le boulevard des Italiens. Elles allaient lécher les vitrines. Xénia faisait plus grande que son âge, elle tirait une certaine vanité d'être remarquée par les hommes, alors qu'Ethel trouvait cela parfaitement ridicule. « Mais tu as vu celui-là, tu as vu comme il t'a regardée ? Ce vieux dégoûtant ! » Tout à coup, elle se mettait en colère : « Eh bien ce monsieur-là, je vais lui dire deux mots ! Enfin, tu te rends compte, il t'a croisée et maintenant il est derrière nous, comme un petit chien ! Il n'a rien de mieux à faire ! » Xénia avait un petit sourire satisfait qui n'arrangeait rien. Elle parlait de toutes ces choses avec un peu de condescendance, elle laissait entendre qu'elle en savait long sur les hommes, sur ce qu'ils valent en général, sur leur frivolité. Un jour, elle a même dit à Ethel : « Au fond, tu es très naïve. » Ethel s'est sentie mortifiée, elle voulait répondre, mais elle n'a pas su quoi dire. Ce n'était pas vrai qu'elle était naïve, a-t-elle pensé. Il lui aurait fallu parler de la relation entre son père et sa mère, de leurs disputes, de Maude, de la place que cette femme avait tenue dans sa famille, de la ruine qui était entrée. Mais tout cela était si peu de choses à côté du destin tragique des Chavirov, elle n'aurait jamais osé se comparer à Xénia.

Ethel tenait trop à son amitié. C'était un miracle. Toutes les filles, à l'école, devaient en être jalouses. Sa beauté, son mystère, ce nom de Xénia qu'elle prononçait avec un *ch* très doux, ce nom de Chavirov, qui faisait songer au naufrage de son histoire. Pour elle, pour lui plaire, Ethel avait changé son caractère. Elle plutôt pessimiste, renfermée, transformait sa personne au moment de rencontrer Xénia. Elle se faisait drôle, légère, insouciante. Elle jouait à être naïve, puisque c'était la qualité que lui reconnaissait son amie. Elle avait noté dans un carnet des idées, des historiettes, des choses entendues à la maison, ou dans la rue. Elle devait en parler avec Xénia, lui demander son avis. Les trois quarts du temps, Xénia n'écoutait pas. Elle regardait Ethel, l'air de penser à autre chose. Ou bien elle coupait : « Tu compliques trop la vie. » Elle ajoutait, avec un petit ricanement qui faisait mal — mais il ne fallait surtout pas qu'elle le trahît : « Tu sais, Ethel, la vie réelle est déjà bien assez difficile comme ça, on n'a pas besoin d'en remettre. » Ethel baissait la tête, elle acceptait. « Tu as raison, toi tu vois tout de suite les choses comme elles sont. C'est pour ça que je suis ton amie. »

C'était venu depuis un certain temps. Pour se rassurer, pour s'exprimer, Ethel disait maintenant très souvent ce mot. Elle qui l'avait prohibé de son vocabulaire depuis longtemps, comme si seul Monsieur Soliman avait eu droit à ces sentiments — l'amitié, l'amour, l'affection. Un jour, elle avait osé. Après une longue journée passée ensemble, à marcher dans les rues, puis sur l'allée des Cygnes, devant la Seine, par une soirée de printemps où l'air est doux. Elle regardait à la dérobée le profil de Xénia, son front haut, son petit nez aux ailes délicates, le duvet blond sur sa nuque, au-dessous du chignon, et la bouche aux lèvres ourlées et très rouges, et les cils qui faisaient une ombre sur ses joues, elle a senti un élan amoureux au fond d'elle-même, irrésistible et délicieux comme un frisson, et elle a dit très vite, sans réfléchir : « Tu sais, Xénia, je n'ai jamais eu d'amie comme toi. » Xénia n'a pas bougé pendant de longues secondes, peut-être qu'elle n'avait pas entendu. Puis elle s'est tournée vers Ethel, et le bleu gris de ses iris ressemblait à la couleur d'une mer très au nord, très lointaine. Elle a dit : « Moi non plus, chérie. » Et pour casser la solennité un peu ridicule de cet aveu, elle a ricané. « Je ne sais pas si tu as remarqué, mais nous sommes exactement dans l'endroit où les amoureux font leurs grandes déclarations ! » Et tout de suite après, elle s'est mise à parler de la couturière chez qui sa mère travaillait, une grande femme un peu hommasse, avec un nom en *is* — Ethel a cru qu'elle pouvait être grecque, Karvélis, mais en réalité elle était lituanienne — et qui était connue pour ses mœurs. « Enfin, tu vois ce que je veux dire, non ? ajoutait Xénia, non, c'est vrai tu ne connais pas ces choses-là, toi, je veux dire, une femme qui n'aime pas trop les hommes, une femme qui sort avec les femmes. »

Elle gesticulait un peu, et Ethel a remarqué à quel point les mains de Xénia étaient soignées, des mains de poupée aux doigts très fins, les ongles roses passés au lisseur en peau de chamois. Pourquoi racontait-elle tout cela à propos de Karvélis ? Un jour, cette femme était entrée dans la cabine où Xénia se déshabillait après avoir essayé une robe, elle avait effleuré son épaule et chuchoté : « Si tu veux, nous pourrions être (là Xénia enflait la voix et faisait rouler les *r* à la russe) de trrrès trrrès bonnes amies ! »

Mme Karvélis était devenue le sujet préféré de leurs plaisanteries. Sous un dehors de jeune fille délicate, aristocratique, Xénia cachait un bon sens réaliste, et même un esprit grivois qui aurait certainement choqué Justine et Alexandre, et qu'Ethel trouvait extrêmement drôle. Rien ne lui échappait. Ni les œillades de M. Borna, le surveillant, ni la démarche énamourée de Mlle Jeanson, la prof de français. Un jour qu'elle s'était affublée d'un long châle en soie couleur parme pour marcher dans la cour de l'école, Xénia a donné une bourrade à Ethel : « Tu as vu, son châle dépasse de sa veste au niveau de ses fesses ! » Elle ne riait jamais aux éclats, elle avait toujours une petite voix grinçante pour raconter des histoires auxquelles Ethel avait du mal à résister. « Quand elle marche, regarde bien, ça lui fait comme une queue qui court après son gros derrière ! »

Plusieurs fois, Ethel est allée voir Xénia à l'atelier de couture où travaillait la comtesse Chavirov. C'était à l'autre bout de Paris, rue Geoffroy-Marie, non loin de la rue La Fayette, au deuxième étage d'un immeuble, toute une aventure. Une des premières fois qu'Ethel est arrivée là, la famille Chavirov était au complet, la maman courbée sur son bâti, en train de piquer, et les filles qui tournaient devant une glace déguisées en princesses. L'atelier était sombre, extrêmement en désordre, des cartons et des coupons de tissus empilés sur le sol. Mme Karvélis travaillait à une table, à première vue on aurait pu la prendre pour une employée de la comtesse. Xénia avait besoin d'un public, et quand Ethel est arrivée, elle s'est déchaînée. Elle se moquait ouvertement de Karvélis, elle l'attirait par la main, dansait autour d'elle en faisant frou-frouter une longue robe de demoiselle d'honneur en organdi blanc. Marina tournait aussi, un peu en retrait, comme si elle dansait devant une glace, et le long appartement résonnait de leurs rires et de leurs applaudissements. Ethel regardait la scène avec fascination. C'était dérisoire et dramatique à la fois, un tourbillon de folie emportait ces filles et leur faisait défier la tristesse et l'accablement de leur destinée. Mme Chavirov n'avait pas bougé. Elle s'était arrêtée de coudre et elle regardait le spectacle, son visage un peu gris immobile et sans expression. À un moment, Xénia est venue jusqu'à Ethel et l'a entraînée dans la danse, son corps très cambré, plaçant les mains d'Ethel contre sa taille comme si elle était le cavalier, et l'enlaçant de son bras droit, la main posée sur son épaule. Ethel sentait son corps dur, les sangles du corset, et le parfum léger de ses cheveux, mélange entre soufre et cologne, un peu piquant, un peu écœurant. À la fin de la danse, elle a embrassé Ethel sur la joue, non pas légèrement, mais d'une embrassade fougueuse, presque brutale. Ce baiser sur le bas de la joue, tout près du coin des lèvres, a fait frémir Ethel. Tout cela était du jeu, de la provocation. Tenant toujours Ethel par la main, Xénia s'est inclinée devant Karvélis, et de sa voix un peu rauque, pas très élégante, elle a dit : « J'ai une annonce à faire ! » Et comme Marina et la comtesse semblaient n'avoir pas entendu, elle a répété en forçant la voix : « Ahum, ahum ! Mesdames, j'ai une annonce à faire… Ethel et moi avons décidé de nous fiancer ! » C'était immensément drôle, Ethel debout, un peu guindée dans sa jupe et son chemisier sombres, ses cheveux bruns tirés en chignon, ses pieds à plat dans des chaussures strictes sans talons, et Xénia époustouflante dans ses voiles et ses volants blancs, ses pieds mignons dans des escarpins dorés, pareille à une mariée. Plus tard, dans la rue, marchant du côté de Rivoli, puis vers le pont du Carrousel, Xénia expliquait la vie à Ethel : « Moi, je n'ai pas de problème avec Sapho, tout ce que je demande, c'est qu'elle n'ait pas envie de moi, tu comprends ? » Ethel se retenait d'ouvrir de grands yeux. « Bien sûr, je comprends. » Tout d'un coup, elle découvrait un monde caché, la raison de cette gêne légère qu'elle ressentait lorsqu'elle se trouvait seule avec Mlle Decoux dans son atelier de sculpteur, imprégné de l'odeur du tabac et de la sueur. Cette femme épaisse aux petits yeux noirs comme des olives, et qui était toujours si familière, la tenait par le bras et l'embrassait avec une force très masculine. Elle hésitait à en parler. « Cette artiste, mon grand-oncle lui loue un atelier à côté, elle fume le cigare... » Xénia n'écoutait pas vraiment. « Fumer, ça ne veut rien dire. Est-ce qu'elle vit avec une femme ? » Ethel devait admettre qu'elle n'en savait rien. « Elle a beaucoup de chats, elle sculpte des animaux, des... » « C'est une folle alors », a tranché Xénia. Et elles n'en ont plus jamais reparlé.

Pour lui plaire, Ethel a acheté une méthode de russe. Elle s'entraînait le soir, dans son lit. Elle répétait « *ia lioubliou* », et les leçons qui s'enchaînaient sans logique, mais elle ne gardait que ce qu'elle voulait, conjuguer le verbe aimer. Un jour, dans l'atelier de la rue Geoffroy-Marie, elle s'est lancée, elle a dit à Mme Chavirov : « *Kak pajivaietie ?* » Et comme la comtesse s'extasiait, Xénia s'est moquée, de sa voix très sarcastique : « Oui, Ethel parle très bien, elle sait dire *Kak pajivaietie,* et puis *ia znaïou gavarit pa rousski,* et aussi *gdie toiliet ?* » Ethel a senti son visage devenir très rouge, elle n'était pas sûre d'éprouver de la colère ou de la honte. Xénia maniait très bien l'offense et la caresse, elle avait appris cela depuis son enfance, pour survivre. Quelque temps après, au hasard de leurs promenades dans les rues de Paris, dans les jardins du Luxembourg, elle a donné une leçon particulière à Ethel, mais c'était particulier en effet, il n'y était question que d'amour, une suite de phrases sans aucune application pratique. Elle faisait répéter : *ia doumaïou chto ana ievo lioubit,* je crois bien qu'elle l'aime, *ia znaïou chto on ieïo lioubit,* je sais qu'il l'aime, et puis, *lioubov, vlioubliommyï, vlioublionna,* elle disait ces mots en glissant longuement sur la syllabe finale, et *daragaïa, maïa daragaïa padrouga.* Elle fermait à demi les yeux, disait : *kharacho, mnie kharachooo...* Elle se tournait vers Ethel : *ty, davolnaïa ?* Est-ce que tu es contente ?

En juillet, l'allée des Cygnes était loin de tout, perdue au milieu de la Seine. C'est là que Xénia donnait ses rendez-vous. Elle ne disait jamais, comme les autres filles : « Alors, à demain, à la même heure… » Elle tournait les talons et elle s'éloignait vite, à grands pas, elle disparaissait en un instant dans la foule de la rue de Rennes, du boulevard du Montparnasse. Ethel sortait tôt, l'air affairé : « Où vas-tu ? » demandait Justine, et elle restait évasive : « Faire des courses avec une amie. » Elle n'inventait pas de gros mensonges, elle ne parlait pas de leçons de piano, de répétitions à la chorale.

Elle arrivait sur l'île en descendant l'escalier du pont du métro aérien. Le matin, la longue allée était déserte, l'ombre des frênes très fraîche. Parfois, elle voyait une silhouette au loin, au bout de l'allée. Des hommes seuls, pas très rassurants. Elle marchait vers eux, d'un pas décidé, comme si elle n'avait pas peur. C'était Xénia qui lui avait appris : « Si tu marches comme ça, sans hésiter, c'est toi qui leur fais peur. Surtout, il ne faut pas ralentir, ne pas regarder. Tu fixes un point imaginaire, tu imagines que quelqu'un t'attend. » Ça devait réussir, puisque personne ne l'abordait.

Xénia l'attendait toujours au même endroit. Elle l'appelait l'arbre-éléphant, un très grand frêne enraciné dans la berge, dont les branches maîtresses étaient courbées au ras du fleuve, pareilles à des dents, à des trompes. Elles restaient là, debout, sans parler, à regarder l'eau verte et les cheveux bruns qui ondulaient dans le courant. Puis elles s'asseyaient sur un banc, à l'ombre des platanes, voyant glisser les péniches, celles qui remontaient la Seine en repoussant une vague jaune, celles amarrées de l'autre côté, le long du quai. Elles parlaient de partir. Xénia voulait le Canada, la neige, les forêts. Elle imaginait un grand amour avec un garçon qui posséderait des terres, un haras. En réalité, son grand amour, c'étaient les chevaux, comme ceux qu'on montait autrefois en Russie, dans le domaine de son père. Ethel parlait de Maurice, de la propriété d'Alma comme si cela existait encore. Elle racontait la collecte des fruits zako, les graines de baobab, et les baignades dans les ruisseaux froids, au milieu de la forêt. Elle en parlait comme si elle l'avait vécu, mais c'étaient les bribes qu'elle avait recueillies de la bouche de la tante Milou, de la tante Pauline, les éclats de voix d'Alexandre quand il parlait créole. Xénia n'écoutait pas vraiment. Parfois elle coupait court. Elle montrait la ville qui bouillait de l'autre côté du fleuve, le pont arqué où roulent les trains, la silhouette de la tour Eiffel, les immeubles. « Pour moi, c'est ici que tout se passe. Les souvenirs, ça me donne mal au cœur. Je veux changer de vie, je ne veux pas vivre comme une mendiante. »

Elle ne parlait pas encore de fiancé, de mariage. Mais sur son visage, on pouvait lire sa détermination. Il était clair qu'elle avait construit sa vie, qu'elle avait déjà tout arrêté d'avance. Elle ne laisserait personne troubler sa chance.

Conversations de salon

Le salon de la rue du Cotentin n'était pas très grand, mais chaque premier dimanche du mois, à midi et demi, il s'emplissait des visiteurs, parents, amis, relations de passage, qu'Alexandre Brun invitait à déjeuner et à passer l'après-midi. C'était un rituel auquel le père d'Ethel n'aurait pas voulu manquer. À Monsieur Soliman qui critiquait ces réunions, disant qu'elles fatiguaient sa nièce et qu'elles coûtaient cher, Alexandre répondait : « Mon cher, un avocat n'existerait pas sans ces mondanités, elles sont son terrain de chasse. » Monsieur Soliman haussait les épaules. Alexandre en arrivant de Maurice avait en effet accompli ses études de droit, mais il n'en avait rien fait. Il n'avait jamais plaidé et s'était contenté de faire des affaires, investissant l'argent de son héritage dans des projets fumeux, dans l'achat de parts et d'actions de sociétés en faillite. Mais il était artiste, bon chanteur, bon musicien, avait de la faconde, portait beau avec ses moustaches en croc et sa masse de cheveux noirs, ses yeux bleus, sa haute stature, et les réunions du dimanche étaient toujours un succès. Justine était très amoureuse de son mari et, pour ne pas lui faire de peine, Monsieur Soliman ne formulait pas ses critiques en public. Il évitait simplement les réunions du salon, prétextant une indisposition, une occupation, ou simplement un contretemps. Alexandre n'était pas dupe, mais il n'était pas homme à se laisser décontenancer. Il entretenait avec son oncle par alliance des relations distantes, courtoises, un peu ironiques, que ses façons exotiques, sa bonne humeur et surtout son accent créole rendaient très peu dramatiques.

Ethel avait toujours connu l'ambiance de ces réunions, cela faisait partie de sa vie familiale, du décor de son enfance. Petite, elle déjeunait vite, et se juchait sur les genoux de son père pour la partie la plus longue de l'après-midi, quand il s'asseyait dans son fauteuil de cuir pour discuter avec ses invités. Il fumait alors cigarette sur cigarette, qu'il roulait lui-même dans une petite machine. Ethel avait le privilège de prendre les pincées de tabac noir et de les serrer sur la bande de caoutchouc entre les rouleaux, puis de lécher soigneusement le bord de la feuille de papier Job — tout cela sous l'œil réprobateur de sa mère, qui n'osait rien dire, et parfois le sarcasme d'un invité : « Il ne faudra pas s'étonner plus tard si elle fume la pipe comme George Sand ou Rosa Bonheur ! » Alexandre ne se laissait pas démonter : « Et quel mal à cela ? Nous avons bien une locataire qui fume le cigare et met des pantalons ! » Mlle Decoux, une originale. Dans son atelier, au rez-de-chaussée de la rue du Cotentin, de l'autre côté du jardin, elle sculptait dans la pierre des silhouettes d'animaux, principalement des chiens et des chats. Son comportement et sa façon de s'habiller et sa tabagie offusquaient beaucoup de gens dans le quartier, mais elle était vive et gentille, et pour cela Monsieur Soliman n'avait pas hésité à l'héberger, même si elle ne payait pas très régulièrement son loyer. Parfois il emmenait Ethel rendre visite à Mlle Decoux. Dans la grande pièce éclairée par un jour pâle venant des verrières, Ethel circulait au milieu des animaux figés dans leur pose, chats à l'affût ou dormant, chiens fous, chiens assis, chiens couchés, les pattes avant bien droites devant eux, la tête dans une posture hiératique. Au milieu des statues, des formes furtives circulaient, couraient se cacher dans les coins, effleuraient les mollets d'Ethel par-derrière, une partie de la ménagerie vivante de Mlle Decoux, composée surtout de chats errants qu'elle recueillait et nourrissait, avant de les donner à qui en voulait.

Petite, Ethel aimait bien s'endormir sur les genoux de son père en écoutant le roulement de la conversation. Le fauteuil préféré d'Alexandre était large et profond, en cuir lie-de-vin rendu brillant au contact des vestes de tweed et des pantalons d'Alexandre, imprégné d'une odeur douce, un peu écœurante, mélange de tabac, de relents de cuisine, et du cognac qu'il aimait boire après déjeuner. Les voix lançaient des bribes, des éclats, la musique de l'accent mauricien qui montait, descendait, la voix grave d'Alexandre, les voix aiguës et chantantes des femmes, tante Pauline, tante Willelmine, tante Milou.

« … les yeux bleus, les cheveux blonds… »
« Mon cher, je vous assure… »
« In-vrai-sembla-ble ! »
« Mais enfin, Seigneur Jésus ! »

Tôt ou tard, la conversation dérivait. C'était invariable. Ethel aurait pu dire à quel instant précis, ce qui déclenchait la dérive. Cela suivait une sorte de signal secret. Alexandre repoussait son assiette, où le cari avait laissé une marque orange pareille à la ligne des vives-eaux sur une plage. Les restes de brèdes et de grains imitaient très bien les algues déposées par la marée.

Même quand elle avait grandi et qu'elle avait cessé de se jucher sur les genoux de son père pour s'endormir, Ethel aimait bien ce moment après le déjeuner où ses sens s'engourdissaient. Elle approchait sa chaise de celle de son père, elle respirait l'odeur âcre douce de ses cigarettes, elle l'écoutait parler du temps jadis, là-bas, dans l'île, quand tout existait encore, la grande maison, les jardins, les soirées sous la varangue.

« C'était la vieille Yaya, tu te souviens, Milou ? Quand nous revenions de l'école de miss Briggs, nous étions morts de faim, alors nous ti faire coquin avec les mangues de son jardin, et elle avait gardé les noyaux de mangues que nous avions mangées, elle nous bombardait avec nos propres noyaux ! » Les rires fusaient, les tantes commentaient, Milou surtout, la sœur cadette d'Alexandre, aussi noire que les autres étaient blondes, avec des yeux verts où la pupille nageait, tout le monde disait qu'elle était méchante. « C'est noyau kili ! » Les autres reprenaient en gloussant : « Noyau kili ! » C'était le dicton préféré d'Alexandre : *mangue li goût, so noyau kili*, la mangue c'est bon, mais que peut-on dire de son noyau ?

Pourquoi Monsieur Soliman était-il resté étranger à tout cela ? Il avait rompu les amarres, il avait quitté l'île à l'âge de dix-huit ans, n'était jamais retourné. Il dédaignait ses concitoyens, les trouvait mesquins, ragoteurs, inintéressants. Un jour, Ethel lui avait posé la question : « Grand-père (elle aimait bien l'appeler ainsi et lui dire vous), pourquoi avez-vous quitté l'île Maurice ? Ce n'est pas joli là-bas ? » Il l'avait regardée avec perplexité, comme s'il n'avait jamais pensé à la question. Puis il a dit simplement : « Petit pays, petites gens. » Mais il n'avait rien expliqué.

Les voix montaient, descendaient. Résonnaient des noms de lieux, Rose Hill, Beau Bassin, l'Aventure, Riche en Eau, Balaclava, Mahébourg, Moka, Minissy, Grand Bassin, Trou aux Biches, les Amourettes, Ébène, Vieux Quatre Bornes, Camp Wolof, Quartier Militaire. Des noms de gens aussi, Thévenin, Malard, Éléonore Békel, Odile Du Jardin, Madeleine Passereau, Céline, Étiennette, Antoinette, et les surnoms des hommes, Dileau Canal, Gros Casse, Faire Zoli, Fer Blanc, Gueule Pavée, Tonton Ziz, Licien, Lalo, Lamain Lamoque, N'a-que-les-os.

Les étrangers se sentaient exclus. Les étrangers, c'étaient ceux du clan des Soliman, oncles, tantes, cousins et cousines du côté de la mère d'Ethel, toujours en infériorité numérique, et complètement surclassés par le clan des Brun, ces Mauriciens au parler fort, au rire communicatif, dotés d'humour et de méchanceté, capables quand ils étaient ensemble de tenir tête à n'importe quel discoureur, fût-il parisien.

Alexandre, du reste, ne manquait pas d'afficher le peu d'estime dans lequel il tenait les capitalins : « Le Parisien, né malin, avait-il coutume d'énoncer pour clore tout débat, est le dernier des imbéciles. »

Il y avait aussi les occasionnels. Parmi eux, un petit homme chauve et jaune, aux yeux très noirs, qu'Ethel avait tout de suite détesté. Que faisait-il dans la vie ? Ça n'était pas clair. Un jour, Ethel avait posé la question à son père. « C'est un industriel. » Et comme si c'était insuffisant, il avait ajouté : « C'est un aventurier des temps modernes. Il travaille à la Bourse. »

Claudius Talon avait incontestablement pris l'ascendant sur Alexandre. Il avait réponse à tout, connaissait tout le monde, prétendait avoir des appuis dans la politique et la finance. Mais ce n'était pas à cause de ses opinions ou de ses prétentions qu'Ethel le haïssait. Un jour qu'elle était seule dans le couloir, Talon l'avait caressée dans le cou en se penchant sur elle, son souffle tiède tout près de son oreille. Elle avait treize ans, elle n'avait pas oublié la peur qui l'avait figée sur place, tandis que du dos des phalanges le petit homme frôlait son cou et sa nuque, comme s'il réfléchissait à la manière pour l'étrangler. Elle s'était sauvée, barricadée dans sa chambre, mais elle n'avait rien dit, elle imaginait son père en train de l'excuser devant les invités : « Ma fille ne se sent pas très bien, c'est l'âge difficile… »

Celui qu'Ethel aimait bien, c'était un jeune homme du nom de Laurent Feld, un Anglais aux cheveux roux et bouclés, joli comme une fille, qui venait rendre visite de temps en temps aux Brun. Ethel avait l'impression de l'avoir toujours connu, au point qu'elle croyait qu'il faisait partie de sa famille. Au hasard des conversations, elle avait compris que Laurent Feld était simplement un ami, ou plutôt le fils d'un ami d'enfance d'Alexandre, le docteur Feld, qu'il avait connu à la Réunion. Lui aussi était des îles, même s'il avait perdu l'accent chantant et que l'Angleterre avait imprimé en lui des manières et un goût vestimentaire qui détonnaient dans le salon de la rue du Cotentin. Ethel aimait sa timidité, sa réserve, sa bonne humeur. Quand il entrait dans le salon, elle regardait cette sorte de halo de lumière rouge qui entourait son visage, elle en ressentait de la joie, sans qu'elle pût dire pourquoi. Elle venait s'asseoir près de lui, elle lui posait des questions sur sa vie en Angleterre, ses études de droit, ses hobbies, la musique qu'il aimait, les livres qu'il avait lus, etc. Elle appréciait le fait qu'il ne fumait pas. Peut-être que ce qui la touchait le plus chez ce garçon c'était qu'il n'avait plus ni père ni mère. Sa mère était morte à sa naissance, et son père était décédé de maladie quand Laurent avait une dizaine d'années. Il avait une sœur aînée, Édith, et à la mort de leurs parents c'était leur tante Léonora qui les avait élevés, avait payé leurs études. Quand Laurent venait à Paris, c'était chez cette tante qu'il logeait, dans le Quartier latin. Ethel imaginait Laurent jeune homme, vivant seul à Londres, sans vraie famille, elle imaginait qu'il aurait pu être son frère, qu'elle l'aurait admiré, soutenu, il lui aurait raconté sa vie, elle aurait partagé sa solitude. C'était aussi pour elle une façon d'échapper à ses parents, à la tension qui grandissait entre son père et sa mère, à leurs disputes, à leur guerre souterraine.

Quand elle était toute petite, les choses déjà n'allaient pas très bien entre Justine et Alexandre. Un jour, après une de leurs querelles, elle leur avait tenu tête les yeux pleins de larmes, elle leur avait crié : « Pourquoi vous ne m'avez pas donné un petit frère ou une petite sœur ? Avec qui je vais parler quand vous serez vieux ! » Elle se souvenait, oui, de l'expression honteuse sur leur visage. Puis ils n'y avaient plus pensé, et tout avait continué comme avant, et elle n'avait plus jamais recommencé.

Quelque chose a changé dans le ton. Ou est-ce Ethel qui est devenue soudain, à l'adolescence, plus attentive à ce qui se disait dans le salon des Brun ? Un durcissement, aurait-on dit, une âpreté. Alexandre avait toujours eu sa marotte de la révolution anarchiste, du Grand Soir où Paris serait mis à feu et à sang, où on pendrait les bourgeois et les propriétaires à la lanterne des carrefours. C'était même, du plus loin qu'Ethel se souvînt, un sujet de plaisanterie dans la famille. Quand il s'ennuyait, ou à la suite d'une de ses disputes avec Justine, il frappait à la porte de la chambre d'Ethel : « Fais ton sac, demain nous partons à la campagne, ça va être le Grand Soir. » Elle essayait de résister : « Mais l'école, papa ? » Lui, péremptoire : « Je ne tiens pas à être dans Paris quand ça va brûler. » Ils allaient toujours au même endroit, une petite maison de campagne qu'Alexandre louait à l'année à côté de la forêt, à La Ferté-Alais. Il allait voir voler les avions. Dans le jardin de la maison, il avait construit, avec l'aide d'un menuisier local, du nom de Bijart, la maquette d'un dirigeable à ailes qui, selon ses dires, rendrait définitivement caduc le plus lourd que l'air. « Des billevesées, avait grommelé Monsieur Soliman, un jour qu'Ethel lui parlait des plans de son père. Voilà à quoi il passe son temps, au lieu de travailler. » Ethel n'en avait plus jamais parlé. Mais elle aimait bien aller au champ d'aviation, sa main dans la main de son père, et marcher dans la boue au milieu de ces étranges machines aux ailes levées, avec leurs hélices immobiles. Elle connaissait tous leurs noms, Latécoère, Breguet, Hotchkiss, Paleron, Voisin, Humber, Ryan, Farman. Un jour avec son père, elle a vu le Caudron-Renault piloté par Hélène Boucher. C'était quelques mois avant sa mort, en juin ou juillet 1934. Un avion qui lui a paru géant avec son museau de requin et ses ailes courtes, et son unique hélice d'aluminium. Ethel rêvait de rencontrer Hélène, de faire comme elle. Alexandre a eu un sourire. « On ira à Orly la voir voler, c'est promis. » Mais ils n'y sont jamais allés, peut-être est-ce le temps qui a manqué.

On sentait une sorte de hâte, comme si on se dépêchait d'en finir. Mais de finir de quoi ? Ethel écoutait les adultes parler, remuer leurs idées. Cela se passait après le repas, quand la bonne Ida venait de desservir. Alexandre organisait le débat à la façon d'une pièce de théâtre. D'un côté les Mauriciens-Réunionnais, de l'autre les étrangers, les Parisiens, ou assimilés. La question portait sur l'actualité, mais tout de suite la conversation débordait, c'était un affrontement de personnalités, d'idéologies, de professions de foi. Ethel aurait voulu tout écrire, tant elle trouvait cela insensé, ridicule.

« Kerenski l'a compris, il l'a dit, mais personne ne l'écoute. Il sait de quoi il parle, il était là au début, quand les bolchevistes ont pris le pouvoir.
— La révolution était inévitable. Mais seul Kerenski pouvait en faire quelque chose, dompter la bête. C'était leur Mirabeau.
— Oui, mais les Mirabeau, on sait ce qui leur arrive.
— Évidemment tout le monde l'a laissé tomber, on s'en lave les mains, c'est comme à Locarno. »

Suivaient des brouhahas, des moments où tout le monde criait en même temps. Puis des silences épais. Ethel regardait sa mère qui cherchait un moyen de reprendre sur un ton plus neutre. Qui lançait des amorces : « … Moi, ce qui m'inquiète, c'est plutôt le présent, le prix de la vie, les augmentations. » Elle était contrecarrée immédiatement par Talon : « Les augmentations, ça n'est pas inquiétant, c'est un bon signe économique, madame. La vérité, ce qui doit vous inquiéter, c'est la déflation, la diminution du prix de la vie. Regardez dans votre cabas quand vous faites votre marché, s'il y a davantage de fruits, de légumes et de viande, et pour le même prix, ce n'est pas le moment de vous réjouir, mais de vous inquiéter. »

Là, le colonel Rouart, la générale Lemercier et les autres se récriaient. Il y avait ceux qui disaient : « Tout augmente ! » Et ceux qui déploraient le flottement, les risques de dévaluation, le chômage. La tante Pauline, dans un moment de calme, reprenait : « C'est donc le bon moment pour acheter. On dit que, sur la Côte d'Azur, les hôtels particuliers des beaux quartiers près de la gare se vendent à prix de famine ! » Justine : « Oui, la Côte d'Azur, vous avez vu le dessin dans *Aux Écoutes* ? Un journaliste demande à un hôtelier : Comment est la saison ? L'hôtelier lui répond : Pas brillante. Que voulez-vous, tous nos clients sont en prison ! » Mais cela ne suscitait même pas un rire. C'est à peu près à cette époque qu'Ethel a entendu prononcer le nom de Hitler. Au début ils disaient Adolf Hitler, comme ils disaient Aristide Briand, ou Pierre Laval. Parfois même, Chemin disait, elle l'avait remarqué : le chancelier, ou bien le chef de l'État allemand. Puis, peu à peu, sans doute à mesure qu'il s'installait au pouvoir et qu'il devenait une figure mondialement connue, ils disaient simplement : Hitler. De temps à autre, même, elle entendait Chemin, ou le colonel Rouart, et même sa femme, une grande femme aux traits anguleux et coiffée d'un chapeau à voilette, qu'on appelait la colonelle, dire : « Le Führer », qu'elle prononçait comme « fureur », et Ethel s'était demandé si le mot avait le même sens en allemand.

« Hitler a dit… » « Hitler a fait… » Un soir, Justine avait allumé le poste de T.S.F. dans le salon, et cette voix étrange s'était fait entendre, haut perchée, un peu rauque, qui faisait un discours, par instants couverte par le bruit des applaudissements ou par de la friture, il n'était pas facile de distinguer. Comme Ethel s'arrêtait pour écouter, sa mère a dit : « C'est Hitler. » Elle avait ajouté, ce qui avait fait un peu ricaner Alexandre : « J'ai horreur de cette voix, ça me donne des frissons… » Une voix comme une autre, a pensé Ethel, elle a même trouvé que cette voix ressemblait étrangement à celle de Chemin.

Plus tard, quand tout aura sombré, Ethel essaiera de se souvenir de ces après-midi du dimanche dans le salon de ses parents, et le silence du présent fera ressortir encore davantage le bruit de ces réunions, les exclamations des tantes, leurs rires, le tintement des petites cuillers dans les tasses de café, et jusqu'aux « instants musicaux » qu'Alexandre avait institués, et qui émaillaient les conversations. Les sonates de Schumann, les morceaux de Schubert, de Grieg, de Massenet, de Rimski-Korsakov. Ethel attendait avec impatience ces parenthèses, elle s'asseyait au piano et elle jouait pour accompagner son père à la flûte, ou au chant. Alexandre Brun avait une belle voix de baryton et, quand il chantait, son accent mauricien s'estompait, se fondait dans la musique et elle pouvait imaginer l'île des origines, le balancement des palmes dans les alizés, le bruit de la mer sur les récifs, le chant des martins et des tourterelles au bord des champs de cannes. La cathédrale engloutie devenait un vaisseau sombré au large, dans la baie du Tombeau peut-être, et la cloche qu'on entendait était celle de la dunette sur laquelle un marin fantôme sonnait les quarts. Une fois ou deux, dans son enfance, la belle Maude avait fait une apparition, entre deux pièces chantées, vêtue d'une robe éclatante, bleu pétrole ou noir de nuit, portant des créoles d'or aux oreilles, auréolée de son opulente chevelure rousse qui cachait, à ce qu'on disait, de petites pinces pour tirer la peau de ses tempes. Elle avait une jolie voix quand elle chantait des airs d'*Aïda* ou d'*Iphigénie*, mais déjà sa carrière était sur le déclin, elle ne se produisait plus guère qu'en province et, pour joindre les deux bouts, travaillait dans les ateliers de costumes pour le théâtre. Ethel avait compris très tôt la place qu'elle avait occupée dans la vie de son père. Cela remontait au temps d'avant sa naissance, mais les conséquences de cette histoire duraient encore. Il y avait eu des vagues, et même de la tempête, et le navire du mariage de ses parents avait été plusieurs fois sur le point de sombrer. Puis le temps avait tout recouvert d'huile, et seuls quelques frissons passagers pouvaient encore troubler cette surface très lisse. Maude avait disparu pendant des années, Ethel avait entendu parler de son aventure avec un banquier, de son voyage. Quand elle était entrée dans le salon des Brun sans s'être fait annoncer, il y avait eu un instant de stupeur. Ethel, le cœur battant, attendait la voix haute et fine de Maude, même si celle-ci, sur les notes trop hautes, faisait un « flat » ou s'effilochait. Alexandre Brun, par une sorte d'agrément tacite, n'avait jamais chanté en public avec elle.

Le soir fiévreusement, Ethel écrivait sur les pages de son agenda la retranscription des échanges de la conversation, comme si c'étaient des phrases de la plus haute importance qu'il fallait ne jamais oublier :

Conversations de salon

« L'ennemi, ne pas se tromper d'ennemi, il est ici, à l'intérieur, dans nos murs.

— L'ennemi de l'intérieur, vieux refrain de la droite nationaliste. (*Rires.*)

— Riez, riez, vous verrez dans quelques années, quand il vous arrivera ce qui est arrivé en Russie, quand vous vous retrouverez voiturier à Londres, ou gouvernante pour les jeunes filles en Australie !

— L'Australie ça me plairait (*Pauline*), c'est le seul pays neuf où on vous demande seulement d'être vous-même.

— Le Canada, la neige, la forêt, voilà ce qui me fait rêver (*maman*).

— Trop froid pour moi (*papa*).

— Pourquoi pas retourner à Maurice ?

— Jamais de la vie ! Quand on a goûté à Paris.

— Paris, la ville des illusions (*Chemin*).

— Des charlatans (*papa*).

— Mais l'ennemi, enfin, vous devez le comprendre, il défile sous vos fenêtres, il organise la grève, jusque dans les grands magasins, à la Samar, aux Galeries. Torpillage, sabotage, sabordage, c'est le mot d'ordre de Moscou.

— Vous mettez la charrue avant les bœufs, mon cher. Vous avez oublié que c'est à l'échelle mondiale. Ça a commencé par la livre en 31 et maintenant le dollar a perdu 41 % en quelques heures.

— Oui, les Américains, mais, vous savez, ils font ce qu'ils veulent avec leur dollar. Quand ça les arrange, ils dévaluent! (*Talon.*)

— Toujours avec vos histoires de finances! (*Pauline.*) Ne se croirait-on pas chez des banquiers? Est-il vraiment impossible de parler d'autre chose?

— Oui, oui (*générale Lemercier*), avec le colonel nous causons voitures, il n'y a que ça qui l'intéresse, Peugeot légère, Mathis, Licorne II CV, ou Viva Six?

— Moi j'aime bien la Ford V8, voilà une voiture puissante (*papa*).

— Oui, mais qui coûte cher, et on ne sait même pas si on aura du pétrole l'année prochaine (*maman*). Nous, ici, nous avons installé une chaudière tout combustible, de l'air chaud pulsé, même si le pétrole vient à manquer on brûlera les ordures.

— Quelle horreur (*générale Lemercier*), vous imaginez l'odeur.

— Mais non, voyons, vous savez bien que la fumée n'a pas d'odeur (*Milou*).

— Les économies non plus.

— De toute façon, avec la guerre qui arrive, il n'y aura plus rien à mettre dans votre chaudière.

— La guerre (*Pauline*), mais enfin quelle manie de revenir toujours à la guerre, moi je suis convaincue que la guerre est tout à fait impossible, jamais les Allemands ne se risqueront à une deuxième défaite.

« — Mais il n'y a pas que les Allemands (*Milou*), il y a l'Italie, l'Espagne.

— Le Japon a commencé en Chine, vous avez vu ce qu'ils font à Shanghai ?

— Oui, mais ce sont les intérêts de l'Europe qu'ils veulent saper, ils ont déjà commencé.

— Parce que vous vous intéressez aux Jaunes ? (*générale Lemercier*).

— Moi non plus je ne veux pas croire à la guerre (*Chemin*), tout ça, c'est le complot des Rouges, Mussolini l'a dit et répété, il ne s'attaquera jamais à la France, il a assez à faire en Éthiopie et Hitler avec les Sudètes, non, ceux qui poussent à la guerre, on les connaît, il suffit de chercher à qui le crime profite. »

C'était comme une seule journée, toujours la même. Les bruits de la discussion enflaient, résonnaient dans la grande pièce, tout le monde parlait en même temps, Justine, Pauline et Milou avec leurs voix chantantes, Alexandre, et les invités, la générale Lemercier, le colonel Rouart, Maurel, la professeur de piano Odile Séverine, et toujours l'insupportable Claudius Talon qui, depuis l'incident du corridor, évitait de regarder Ethel. Et elle se mettait systématiquement à l'autre bout de la pièce et, quand il était présent, à côté de Laurent Feld. Ethel savait gré au jeune homme de ne pas prendre part à la conversation. Il restait assis sur sa chaise, bien droit, et de temps en temps elle jetait un coup d'œil sur son profil, son petit nez, son menton bien rond, et cette chevelure rousse et bouclée qui lui donnait l'air d'une fille et éclairait sa peau d'un incarnat très chaud, comme s'il était ému. Il ne répondait jamais aux provocations, à peine un léger pli entre ses sourcils quand Talon, grand lecteur de *L'Action française*, s'en prenait aux métèques, réclamait leur expulsion du territoire national, ou l'arrestation des réfugiés espagnols par la gendarmerie et leur livraison immédiate aux forces franquistes.

Laurent Feld était l'ami de toujours. Il était revenu régulièrement, mince et élégant, tellement différent des autres jeunes gens qu'Ethel croisait dans Paris, tellement étranger qu'il en était étrange. Une seule fois, il a pris la parole dans le salon. Talon, brandissant sa feuille de chou habituelle, s'en prenait à l'Angleterre : « Une nation de traîtres, de nervis, de vendus, ce sont eux qui poussent à la guerre, soyez sans crainte, ils enverront les Français à la boucherie pour faire triompher leurs affaires, vous savez bien ce qu'on dit : en France on a les blindés, à la City de Londres on a les coffres-forts blindés ! » Les joues fraîches de Laurent avaient pris la couleur de ses cheveux, comme un reflet d'incendie. Il en postillonnait d'indignation. « Vous, vous ne savez pas ce que vous dites, vous — c'est, c'est inacceptable, c'est honteux, je vous affirme que l'Angleterre est notre seule alliée, elle n'abandonnera jamais la France ! » Le tumulte était indescriptible. Chacun parlait en même temps que l'autre, et par-dessus le brouhaha la voix aigre de Talon, montant sur les syllabes finales, une voix de bonimenteur : « Allons, allons donc, mais vous êtes naïf mon pauvre garçon, bien naïf ou bien vous faites semblant d'oublier... » Alexandre était carré dans son fauteuil, il tirait sur sa cigarette, visiblement à son aise dans ce tumulte, dominant de sa voix grave, un peu traînante : « Allons, ne parlons pas de l'Angleterre, vous savez qu'à Maurice on a des sentiments partagés sur ce grand pays...

— Ou bien vous oubliez, monsieur, continuait Talon, debout sur la pointe des pieds, mais il ne s'adressait plus à Laurent Feld, il prenait à témoin toute l'assistance, le rôle détestable qu'elle a joué durant la dernière guerre, en refusant les troupes quand l'ennemi nous massacrait. » La tante Milou était toujours d'accord quand on tirait sur l'Angleterre, elle avait même fondé à Paris un club de rétrocessionistes pour soutenir le parti qui prônait le retour de Maurice à la mère patrie. « Là, il faut reconnaître, mon cher, que la politique de Churchill n'est pas claire, et celle de Chamberlain encore moins. Et n'oubliez pas que c'est de Londres que nous est venu le bolchevisme. »

Talon : « C'est toujours la même fable, les marrons sont dans le feu, et c'est nous qui devons les tirer. » Laurent Feld ne pouvait plus intervenir. Il s'est levé pour partir, malgré les protestations d'Alexandre. À Ethel, il a dit, en se penchant vers elle, c'est la première fois qu'elle s'est sentie sortir de l'enfance, parce qu'il lui parlait comme à la seule personne raisonnable : « Ne les écoutez pas, mademoiselle. L'Angleterre est un grand pays, elle est l'alliée pour toujours de la France, elle n'acceptera jamais le régime criminel de l'Allemagne. » Mais le brouhaha retombait. Cela ne durait jamais très longtemps. Ethel a pris Laurent par la main, ils sont sortis respirer l'air du jardin. Le thé fumait dans les tasses, les petites cuillers tintaient contre la porcelaine, l'odeur des gâteaux à la cannelle que préparait Pauline se mêlait à la fumée des cigarettes et des cigares dans la grande pièce vitrée. Tout cela était du bruit, seulement du bruit. Pas de quoi fouetter un chat.

Les choses se sont précipitées. Ethel, en y réfléchissant plus tard, réalisera qu'elle n'a rien vu venir. C'était un enclenchement de rouages. Une mécanique s'était mise en route que personne n'aurait pu arrêter. Cela a commencé par la mort de Monsieur Soliman à la fin de l'année 34. Ethel se souvient du récit qu'on lui a fait de ses derniers moments. La bonne Ida lui avait préparé à dîner la veille, il se plaignait d'être fatigué, d'avoir mal à la tête. Au petit matin, elle l'a trouvé allongé sur son lit, vêtu de son complet gris-noir, ses chaussures cirées aux pieds, sa cravate nouée sur son cou maigre. Il était si calme et si élégant qu'Ida a cru qu'il dormait mais, quand elle a touché sa main, elle a senti le froid de la mort. Les obsèques ont eu lieu trois jours plus tard à l'église Saint-Philippe-du-Roule. Samuel Soliman n'était pas très pratiquant, mais il avait le sens des convenances, il avait laissé en évidence sur le marbre de la cheminée une enveloppe contenant les instructions et le numéro de la tombe au cimetière du Montparnasse, et un chèque au recteur pour régler les frais de la cérémonie.

Ethel avait eu le droit de lui rendre une dernière visite avant qu'on ne scelle le couvercle du cercueil. « Va, tu peux l'embrasser une dernière fois, il t'aimait tant ! » Sa mère la poussait, mais elle freinait, résistait. Elle ne voulait pas. À la fin, elle s'est détournée, et elle est sortie très vite de la chambre en cachant son visage. Elle est restée dans le couloir, devant la petite table drapée de noir sur laquelle les visiteurs déposaient leur carte. Tout ça avait l'air d'une mauvaise pièce de théâtre. Plus tard, elle entendra sa mère raconter la scène, comme quoi Ethel était trop émue pour un dernier adieu. Pourtant, jamais ses yeux n'avaient été aussi secs.

Elle n'en avait pas parlé à Xénia. La mort de Samuel Soliman, ça n'était rien à côté de la mort du comte Chavirov. Elle avait entendu un jour des gens raconter les derniers instants de la famille Romanov, comment ils avaient été fusillés dans une cave par les Rouges. Mais elle était sûre que Xénia n'avait pas pleuré, qu'elle ne pleurait jamais. Il y avait quelque chose de dur dans ses yeux bleus, de dur et de triste. Xénia était une vraie héroïne.

Il ne s'est pas passé très longtemps avant qu'Alexandre n'emmène Ethel chez le notaire, pour établir un document l'autorisant à disposer de l'héritage de sa fille mineure.

Me Bondy était un être caricatural, bellâtre et trop poli, avec une extraordinaire moustache en crocs dans laquelle l'œil aiguisé d'Ethel distinguait des traces de teinture noire. Alexandre Brun était inhabituellement nerveux, ce qui chez lui se traduisait par un flot de bavardages, que son accent créole rendait vaguement ridicule. Il n'avait rien expliqué à Ethel mais, ce soir-là, Ethel avait entendu des éclats de voix venant de la chambre de ses parents, une porte qui claquait, et même, dans le silence de la nuit, quelque chose qui ressemblait à un sanglot. Le lendemain, au déjeuner, où elles se retrouvaient seules, Ethel avait regardé avec insistance le visage de sa mère, comme pour demander une explication, mais Justine avait détourné son regard, elle était pâle, avec un léger pli d'amertume au coin des lèvres, toujours belle. « Un visage de statue grecque », disait Alexandre en guise de compliment.

Le notaire avait fait asseoir Alexandre Brun dans un fauteuil, face à son bureau, et Ethel un peu en retrait sur une chaise. Lui-même restait debout, et poussait vers son interlocuteur une liasse de papiers comme pour se débarrasser au plus vite de la corvée. « Bien entendu, votre père vous a mise au courant ? » Il s'adressait curieusement à Ethel en regardant Alexandre, et c'était donc lui qui avait répondu. « C'est-à-dire que nous n'en avons pas vraiment parlé, mais sa mère et moi avons pensé qu'il fallait simplifier les procédures, et que vu son âge… » Mᵉ Bondy avait continué, comme si cela allait de soi. « C'est juste, mais il faut quand même… » Il cherchait ses mots. Alexandre s'impatientait : « Ma chérie. » Il avait pris la main d'Ethel, il essayait de la regarder, mais la raideur de son cou — le faux col que serrait trop la cravate — l'empêchait de se retourner. Ethel regardait son profil, elle aimait bien l'arête de son nez, sa moustache et sa barbe, et sa masse de cheveux très noirs — lui n'avait pas besoin de teinture pour masquer les fils d'argent —, elle avait souvent dessiné son profil, comme celui d'un mousquetaire, ou d'un corsaire du temps de Surcouf. « Je ne t'en ai pas parlé, tu sais à quel point ton grand-oncle t'aimait, tu étais pour lui comme sa petite-fille, il avait toujours souhaité te laisser une grande partie de son patrimoine, c'est une charge très lourde pour une enfant de ton âge… »

Puis Mᵉ Bondy avait commencé la lecture du document. La langue était un peu difficile à comprendre, surtout que le notaire était affligé d'un balbutiement, qui rappelait à Ethel son professeur d'histoire-géo et la réflexion qu'avait faite à son sujet sa voisine de classe, Gisèle Hamelin : « Eh bien, avec Poujol les postillons ça vole. » Ethel avait capté le sens du document, qui donnait à son père les pleins pouvoirs pour administrer, gérer et vendre son patrimoine, y compris celui d'y faire édifier toute construction et de souscrire tout emprunt nécessaire pour réaliser son projet. La formule était sans ambiguïté, et pourtant Ethel se souviendra plus tard avoir cru à cet instant que son père avait décidé de continuer la construction de la Maison mauve, et qu'elle en avait senti une onde de bonheur.

Le notaire avait fini de bafouiller, il avait tendu les papiers à Alexandre pour qu'il relise, paraphe et signe, puis ils avaient parlé d'autre chose. Il était question d'emprunt, de traites à la banque, peut-être aussi de la situation politique internationale, mais Ethel n'écoutait pas. Elle était impatiente de sortir de l'étude, de l'atmosphère étouffante de ce bureau encombré de paperasse, de fuir la présence de cet homme et de sa moustache, de ses yeux noirs, de sa parole, de ses postillons. Elle avait rendez-vous avec Xénia, devant le lycée, elle avait hâte de lui raconter ce qui s'était passé, de lui parler de la Maison mauve qui allait bientôt sortir de terre, avec ses grandes fenêtres ouvertes sur le jardin, et son miroir d'eau pour refléter le ciel d'automne. Il y aurait une chambre pour elle, Xénia, elle n'aurait plus besoin d'habiter le rez-de-chaussée infect et sans lumière de la rue de Vaugirard, ce « hangar » où toute la famille dormait dans la même pièce sur des matelas.

Dès qu'elle s'était retrouvée dehors, elle avait embrassé son père. « Merci ! Merci ! » Il la regardait sans rien dire, l'air perplexe, comme s'il réfléchissait à autre chose. Il allait à Montparnasse, voir les banques et déjeuner en célibataire, comme il disait. Ethel avait couru sans s'arrêter vers la rue Marguerin. Elle n'avait pas quinze ans, elle venait de tout perdre.

Conversations de salon (suite)

Un après-midi, peut-être qu'elle avait bu en secret, ou quelque chose la tourmentait, Justine s'est donnée en spectacle. Maude était présente, toujours bruyante, coquette, au centre de l'intérêt, parlant d'opérettes, de concerts, de projets, comme si elle était encore une actrice qui allait partir en tournée, et non cette vieille fille solitaire et démunie qui vivait, à ce qu'on racontait, dans les combles d'un immeuble de la ville, rue Jacob, avec une demi-douzaine de chats. Laurent Feld s'était assis sur un pouf, un peu en retrait, à côté d'Ethel. Il y avait un air de théâtre dans tout ceci, pensa Ethel, une vanité, une irréalité ironique.

Des gens mouraient, à Nankin, en Érythrée, en Espagne, les camps de réfugiés près de Perpignan débordaient de femmes et d'enfants qui n'attendaient que le mot du gouvernement qui les sortirait de ce cloaque et leur rendrait la liberté. Et ici, rue du Cotentin, dans le salon baigné par le doux soleil printanier, le bruissement des langues tissait un nid protecteur, un havre, une amnésie tranquille et sans conséquence.

Justine a annoncé : « *La Coccinelle*, poème de Victor Hugo. » C'était la tante Willelmine au piano, très digne, comme si elle s'apprêtait à jouer une hymne. Justine avait

une voix claire, un peu flûtée, une élocution impeccable,
elle détachait chaque syllabe, elle faisait sonner chaque
consonne. Elle chantait cet air pour la première fois en
public.

> *Ell-e me dit quelque cho-ose*
> *Me tourmente — et j'a-perçus*
> *Son cou de nei-ege et — des-sus*
> *Un pe-e-etit-t-insec-te ro-ose !*

Ethel sentit une rougeur à ses joues, des picotements.
Ses yeux étaient fixés droit devant elle, sans regarder qui
que ce soit. Maintenant le bruit des conversations du
salon s'était tu. C'était tout ce que la jeune fille détestait,
cet air composé, entendu, une manière de précaution
précieuse, un mensonge raffiné qui cachait leurs peurs
et leurs rancœurs.

> *On eût dit — un coquille-a-age*
> *Dos rose et taché de noir*
> *Les fauvet-tes pour nous voir —*
> *Se penchaient dans le feuille-a-age !*

C'était long, lent. La tante Willelmine trillait au piano
à la fin de chaque quatrain, sans doute pour imiter le
concert des oiseaux dans les arbres. Les femmes s'éven-
taient, il faisait chaud et lourd — la générale Lemercier,
son air ravi, sa bouche ridée en ô circonflexe. Ethel sentait
les gouttes de sueur piquer ses côtes, sous les aisselles. Elle
regardait Justine à présent, sans ciller, elle s'était attachée à son mince filet de voix, pour prévenir le moindre
dérapage. Soudain le ridicule de la situation lui apparut :

c'était elle la mère, qui accompagnait sa fille comme pour un concours de fin d'année à l'école. Et ce poème contourné, mignard, insensé, cette bluette fade et infatuée, ces mots qui sonnaient d'un grelot aigrelet, hâtif et saccadé comme au cou d'un poney pomponné dans un manège d'enfants.

> *Sa bou-che fraîche était là*
> *Je me courbai — sur la be-el-le*
> *Et je pris — la coc-ci-ne-elle-mais-le-bai-ser-s'en-vola !!*

Encore un trille et Justine reprit : « Mais-le-bai-ser-s'en-vola !! », saluée par les rires — la générale daignant applaudir en frappant son éventail replié sur la paume de sa main gauche.

Pourquoi est-ce là, au cours de cette scène ridicule, qu'Ethel se mit à haïr Maude, d'une haine si violente qu'elle lui fit battre le cœur ? Elle avait cessé d'écouter, tandis que Justine, encouragée par le murmure de l'assistance, reprenait le couplet de la belle, de la coccinelle et du baiser envolé.

> « ... *les bê-tes-sont-t-au bon Dieu*
> *mais la bêtise est-t-à l'homme !* »

Le dernier vers envoyé saccadé, trépidant, par la tante Willelmine, accompagné par les applaudissements du public. Ethel allait se lever, poussée par un mal au cœur, quand Laurent Feld, qui avait écouté toute la chanson sans broncher, lui glissa un billet griffonné à la hâte. Ethel lut : « Que Dieu nous préserve de cette folie française ! »

71

Il avait l'air sérieux. Il tapotait ses genoux du bout des doigts, mais dans ses yeux bleus Ethel vit une étincelle de drôlerie, et d'un seul coup elle recouvra ses sens. Une onde d'intense moquerie la parcourut.

Talon : La situation est précaire, personne n'a l'air de s'en soucier mais le krach nous guette, ce n'est pas la clique actuelle qui va l'empêcher.

Alexandre : Bon, vous exagérez toujours tout, enfin tout cela est derrière nous.

Talon : Oui, c'est ce qu'on veut nous faire croire, les boursicoteurs ont tout intérêt, mais retenez ce que je vous dis…

Tante Willelmine : Vous n'allez pas recommencer avec votre krach !

Voix des femmes : Oui, oui, parlons d'autre chose ! Pas toujours l'argent !

Chemin : L'or s'en va quand Blum arrive !

— Il était déjà parti depuis longtemps !

— De toute façon, le Front n'en a plus pour longtemps.

Talon : Heureusement, Hitler est en train de nettoyer l'Allemagne des bolcheviks, mais ici il est peut-être déjà trop tard.

Justine : Parlez-en de votre Hitleur. (*Des voix corrigent : Hitler, pas Hitleur.*) C'est pareil ! Il ne m'inspire pas confiance !

Chemin : Avez-vous lu l'article de l'académicien Abel Bonnard dans *Le Petit Journal* ? Il est allé rencontrer le chancelier à Berlin, qui lui a dit à quel point il regrette qu'on le présente en France comme un dictateur.

Alexandre : Allons bon ! Et qu'est-il, s'il vous plaît ?

Chemin : Mon cher, un régime populaire ne peut pas exister dans la contrainte ! Hitler l'a dit lui-même, le peuple est avec moi parce qu'il sait que je m'occupe bien de ses besoins, que c'est son âme qui m'intéresse.

Willelmine : Son âme ! Ah oui, parlons-en de l'âme boche !

Chemin : Mais oui, madame, le peuple allemand a une grande et belle âme, ce n'est pas à une musicienne comme vous…

Willelmine : Ah non, ne mélangez pas ! Mozart, Schubert et Hitler, ça ne va pas ensemble ! (*Rires.*)

Talon : Pourtant vous avez lu comme moi dans la presse l'accueil qu'on lui a fait lors de la représentation des *Maîtres chanteurs* à Nuremberg, le chancelier a été ovationné, ce n'est pas à Paris que ça arriverait, je n'invente rien !

Chemin : Parce que nous sommes en pleine décadence, Debussy, Ravel, et caetera.

Ethel a bondi : « Ce n'est pas vrai, vous n'y connaissez rien, Ravel est un génie, et Debussy… » Elle a des larmes dans les yeux, et Laurent lui serre la main pour lui dire son soutien.

Alexandre : Allons, allons, la musique vaut mieux qu'une querelle, restons dans la politique, c'est plus… léger ! (*Rires.*)

Pauline : En attendant, il y en a qui font des affaires, vous avez appris la vente des tableaux que votre chancelier a renvoyés en Suisse parce qu'il les trouve dégénérés ? Des Vlaminck à deux cents francs suisses !

Générale Lemercier : D'autant que votre Hitler, il fait des choses euh... bref ça ressemble aux fautes que commet notre mascarade du gouvernement, vous ne croyez pas ? Les congés payés, les usines fleuries, les petites flatteries pour le bas peuple quoi !

Chemin : Il faut dire qu'avec lui le pays a changé, j'ai un ami qui est allé à Berlin dernièrement, il dit que, depuis l'arrivée du chancelier, l'Allemagne est devenue propre et agréable, il y a des fleurs partout, même dans les fermes et les petits villages...

Milou : Vous allez nous faire croire que c'est le paradis !

Talon : Tout de même, il a ouvert des plages sur la Baltique à un million de travailleurs, c'est mieux que ce qu'ont fait les socialistes, non ?

Pauline : La Baltique, quelle horreur ! (*Accent mauricien :*) Ça doit être pire que votre Bretagne ! (*Rires.*)

Alexandre : Évidemment, Rügen ce n'est pas Nice ! Ma sœur ne jure que par la Riviera.

Milou : Attendez-vous que le Führer envoie ses ouvriers à Nice !

Chemin : En attendant, il emploie des termes que Blum n'a jamais osé dire à ses électeurs, il leur parle du progrès, de l'honneur du travail qu'il leur a rendu, vous imaginez un homme politique qui dirait cela chez nous !

La générale : Et pour cause ! Il leur demande de travailler moins pour gagner plus ! Il achète leurs voix avec des congés payés et des vacances à la mer !

Chemin : Il ose même dire des choses que les bolcheviks et les socialistes n'ont jamais dites, qu'il faut rendre leur dignité aux travailleurs manuels, que pour lui un ouvrier spécialisé fait un travail cérébral et un comptable à la banque un travail machinal.

La générale : Et c'est vous, le comptable, qui appréciez ?

Chemin : Enfin, il faut dépasser l'intérêt personnel, il faut voir plus grand, plus loin ! Pourquoi voudriez-vous que je nie la vérité ? Aligner des chiffres, ça n'a rien de supérieur au travail de l'ouvrier qui peaufine une mécanique d'une auto, ou à un artisan qui fabrique un meuble de style.

Alexandre : Chemin socialiste, on aura tout vu !

Chemin : Ne dites pas ça ! Vous savez bien que je déteste les mensonges des socialistes, les crimes des bolcheviks en Russie ! Mais il faut inventer une voie nouvelle, c'est ce que dit Bonnard, lisez-le ! là !

Pauline : Une voie nouvelle ! Vous y croyez, vous ? Votre Hitler, excusez-moi, c'est un malin qui dit ce que les gens veulent entendre, mais il ne fera rien. Vous imaginez un pays où les ouvriers commandent aux patrons ? Même en Russie ça ne s'est jamais fait ! Voyez Staline !

Alexandre : Ttt, tt! Voilà qu'on recommence à parler politique!

Talon : En attendant, l'Allemagne se porte mieux que la France, elle s'est redressée!

La générale : Pas étonnant, ils n'ont rien payé pour réparer les dégâts de la guerre, encore un cadeau des socialistes!

— Vous voyez, vous êtes incorrigibles!

Justine : Il paraît qu'en Allemagne ils ont créé des variétés de roses nouvelles, très blanches.

— Vous voulez rire, ma chère! (*La générale.*) Ils ont volé les nôtres en 14, vous n'avez pas connu ça, vous, la Merveille de Lyon qu'ils ont baptisée Frau je ne sais quoi, Douski, Drouchi, ils ont tout copié, notre Malmaison, notre Soleil d'Or, et ils leur ont donné des noms qui s'éternuent, tellement personne ne peut les prononcer!

Alexandre : Allons bon! Voilà qu'on fait la guerre même chez les rosiers!

Pauline : Enfin, Alex, ne soyez pas naïf! Vous savez bien qu'il n'y a rien d'innocent, même chez les fleuristes! Tout cela sent plutôt la combine que la rose, vous ne trouvez pas?

Alexandre : Alors débochons les roses, mesdames! Voilà le mot d'ordre!

Toujours le même bruit. Des mots, des rires, le tintement des petites cuillers dans les tasses à moka. Assise au fond de la salle à manger, Ethel regardait les convives l'un après l'autre, avec curiosité, alors qu'elle éprouvait naguère un sentiment de sécurité ou, pour mieux dire, un certain engourdissement à écouter leurs voix, l'accent chantant de Maurice, qui parvenait à donner du charme aux propos les plus violents, tout cela ponctué d'exclamations, des « Ayo ! » des tantes, environné par la brume des cigarettes blondes — Justine était parvenue à proscrire le tabac noir qui la faisait tousser. À présent, Ethel se sentait gagnée par l'angoisse et la colère, elle se levait de sa chaise, elle s'isolait à la cuisine où la bonne Ida faisait la vaisselle, elle l'aidait à essuyer et à ranger les assiettes. Un jour que Justine lui en faisait la remarque — « Tu sais comme ton père tient à ce que tu sois là, il te cherche des yeux » —, elle répondit méchamment : « Oui, toutes ces parlotes, ces cancans ! Il devait y avoir les mêmes dans le salon du *Titanic* quand il a coulé ! »

À mesure que le vaisseau familial s'enfonçait revenaient à Ethel tous ces bruits de voix, ces conversations absurdes, inutiles, cet acide qui accompagnait le flux des paroles comme si, un après-midi après l'autre, de la banalité des propos se dégageait une sorte de poison qui rongeait tout alentour, les visages, les cœurs, et jusqu'au papier peint de l'appartement.

Dans le même cahier où, à l'adolescence, elle notait les saillies, les bons mots, les phrases poétiques d'Alexandre, les humeurs fantasques des tantes mauriciennes, à présent elle écrivait rageusement les ridicules, les calomnies, les mauvais jeux de mots, les images haineuses :

> « Luther, Rousseau, Kant, Fichte, les quatre *kakangélistes.* »
> « Les familles juives, protestantes, l'État métèque ou monod, le monde maçonnique. »
> « La lèpre sémite. »
> « L'honnête Français exploité par le banquier juif cosmopolite. »
> « La kabbale, le règne de Satan » (Gougenot des Mousseaux, approuvé par S.S. Pie IX).
> « Le Juif contre-productif » (Proudhon).
> « Le Juif n'est pas comme nous : il a le nez crochu, les ongles carrés, les pieds plats, un bras plus court que l'autre » (Drumont).
> « Il pue. »
> « Il est naturellement immunisé contre les maladies qui nous tuent. »
> « Son cerveau n'est pas fait comme le nôtre. »
> « Pour le Juif, la France est un pays viager. Il ne

croit à rien d'autre qu'à l'argent, son paradis est sur la terre » (Maurras).

« Les Juifs ont partie liée avec la chiromancie et la sorcellerie. »

« Nos grands hommes politiques s'appellent Jean Zay, alias Isaïe Ézéchiel, et Léon Blum, alias Karfunkelstein. »

« Les collaborateurs de *L'Humanité* s'appellent Blum, Rosenfeld, Hermann, Moch, Zyromski, Weil-Reynal, Cohen Adria, Goldschild, Modiano, Oppenheim, Hirschowitz, Schwartzentruber (à vos souhaits !), Ilmre Gyomaï, Hausser. »

« Les Anglais sont plus barbares que les Allemands, voyez l'Irlande. »

« Olier Mordrel l'a dit : il ne faut pas laisser négrifier la Bretagne. »

« Hitler l'a dit à Nuremberg : la France et l'Allemagne ont plus de raisons de s'admirer que de se haïr. »

« Il a prévenu les coupables : les Juifs et les bolchevistes ne seront pas oubliés. »

« Maurras l'a écrit dans *L'Allée des philosophes* : le génie sémite s'est éteint après la Bible. Aujourd'hui la République est un État sans ordre, dans lequel triomphent les quatre confédérés, les Juifs, les maçons, les protestants et les métèques. »

« Julius Streicher l'a dit à Nuremberg : la seule solution, c'est la destruction physique des Israélites. »

Après ces vagues violentes survenait l'accalmie, constatait Ethel, comme si, l'accès retombé, il ne restait plus qu'une langueur endolorie, une courbature honteuse, que la verve des tantes avait bien du mal à dissiper. On parlait mode, autos, sport ou cinéma.

« La Peugeot 402, la Légère, va détrôner toutes les autres, Renault, Delage, Talbot, De Dion, Panhard, Hotchkiss, et même la fameuse Rolls-Royce!
— Nous l'avons vue en vitrine au garage Messine à Wagram, elle est de-toute-beauté!
— Mais le prix! Vous avez vu le prix?
— Avec toutes leurs dévaluations, d'abord en Amérique, et puis ici cet été!
— Les congés-payés et leurs casquettes!
— Enfin, c'est tout de même un peu normal que ces pauvres gens aillent aussi voir la mer! (*Justine.*)
— Vous avez entendu parler de la dernière invention, la radio-vision?
— Béatrice Bretty qui vient chez vous vous parler! Sarah Bernhardt!
— Oui, mais en vert, mes chères! Toutes en vert, comme des trolls!
— Moi, je préfère aller au cinéma, vous avez vu *La Grande Illusion*?
— Ah non, pas encore la guerre! Moi, j'irai plutôt voir les frères Marx dans *La Soupe aux canards*! »

C'est là que la générale ne manquait pas de commenter : « Moi, j'irai au cinéma quand ça sera au point. »
Du côté des hommes, on formait un petit comité. Chemin absent, l'atmosphère se détendait. Ethel pré-

férait cette partie du salon. Elle écoutait le ronronne-
ment. Justement celui des moteurs d'avion qu'Alexandre
aimait. Son grand projet de construire un aéronef à ailes
et hélices. Est-ce qu'il y croyait encore ? Ethel se demandait si elle était la seule à savoir que la banqueroute s'approchait. Elle regardait le grand homme, son teint de
vieux Mauricien que l'hiver parisien n'avait pas réussi à
pâlir, sa chevelure noire brillante, sa barbe taillée avec
soin, ses mains d'artiste aux doigts longs et nerveux.

« Tout est dans l'hélice, c'est ce que je dis depuis
le début. L'intégrale est bien, c'est avec elle qu'on
a battu les premiers records, Paulhan en Angleterre, Morane, Chavez. À l'époque, le moteur
c'était le Gnôme, soixante-dix chevaux et double
alésage. Mais l'hélice Ratmanoff, voilà ma pré-
férée. Elle est ancienne, d'accord. Mais elle donne
le maximum de puissance pour le minimum d'en-
combrement.
— Alors vous êtes pour le bois ?
— Bien entendu. Ça se répare vite, et surtout c'est
plus léger.
— Mais Breguet ?
— Lui, il travaille pour l'armée, ça n'a rien à voir,
pour le combat, l'hélice en acier est indispen-
sable. »

Il fumait ses cigarettes, son regard bleu-gris perdu dans
les volutes. Ethel pouvait le détester, à cause de tout le
mal qu'il avait fait, de ses mensonges et de ses trahisons
envers sa mère, de ses rodomontades. Mais elle n'arrivait

pas à s'éloigner, à le regarder avec froideur, comme un étranger.

Peut-être que, maintenant qu'il était au bord de la ruine, sur le point de tomber, elle se sentait plus proche de lui qu'elle ne l'avait jamais été. Lui revenait en mémoire le jugement sévère de Monsieur Soliman sur le mari de sa nièce : « Un fruit sec, n'a jamais rien fait de bon. Sauf toi ! » Comme si ç'avait été par hasard, le fruit d'une miraculeuse providence. Il disait à Ethel : « Toi, mon porte-bonheur, ma petite bonne étoile. »

> « Vous connaissez l'ouvrage de Drzewiecki sur les hélices aériennes ? La voilà, ma bible ! »

Le sujet du plus-lourd-que-l'air laissait les hommes intarissables :

> « En cas de guerre, croyez-moi, ce sont les avions qui feront la différence. Mais personne en France n'a l'air de s'en rendre compte !
> — Et les dirigeables ! N'oubliez pas les dirigeables ! (*Alexandre.*)
> — Sauf que, vos dirigeables, on a vu ce qui leur arrive ! (*Rouart.*)
> — Un accident ! Les avions aussi, il en tombe tous les jours !
> — Oui, mais ils sont plus difficiles à cibler !
> — On n'a pas encore tiré les leçons de la guerre. Souvenez-vous, il y a vingt ans, on avait prédit les effets des bombardements aériens, mais ça n'a pas ému nos ministres de la Guerre !
> — Ils avaient tout misé sur la ligne !

— Mais elle est très bien la ligne, vous avez lu le reportage de *L'Illustration*? Même si vos avions passent par-dessus, il faudra bien que l'infanterie marche sur la terre! Ce ne sont pas des canards! (*La générale.*)

— Certes, chère madame. Mais nos avions, savez-vous qu'ils pouvaient emporter quatre mille projectiles à ailettes et qu'ils pouvaient envoyer, à raison de cinq sorties par jour, en six mois plus d'un million six cent mille projectiles, et à raison de un pour cent de cibles touchées, cela faisait près de vingt mille ennemis hors de combat! Multipliez par cent avions, vous voyez le compte! (*Alexandre.*)

— Deux millions de morts en six mois, ça fait réfléchir! On ne l'a pas assez dit, l'arme aérienne est l'arme absolue. Elle est si terrible qu'elle rend la guerre impossible. (*Rouart.*)

— Oui, sauf qu'elle a déjà servi en Espagne.

— Les fameux Potez que les socialistes ont livrés à l'armée des Rouges!

— À Guernica!

— À propos, vous avez vu le tableau de Picasso à l'Exposition?

— Merci bien! Quelle horreur! (*Voix féminines.*)

— Justement, les bombardements, quelle horreur! C'est peut-être ça qu'il a voulu dire! » (*Quelques rires.*)

La tension remontait par vagues. Ethel sentait la même nausée dans sa gorge, à écouter ce concert de mots, d'exclamations. Sans doute était-elle, du fait de son âge, la seule qui écoutait sans rien dire. Pour les autres, ils avaient passé la plus grande partie de leur vie, et les mots n'étaient que du bruit, du vent. Ils n'avaient pas vraiment de réalité. Peut-être même qu'ils servaient à masquer la vie.

« Enfin, l'avion, l'aérostat, ce ne sont pas seulement des engins de guerre ! Vous avez lu le petit article de H.G. Wells intitulé "Anticipations" ? (*Alexandre.*)

— Mais il est mort depuis longtemps, non ?

— C'était avant la guerre, il prédisait que, dans moins de cent ans, l'avion remplacera le train et le bateau pour tous les longs voyages.

— Parlez pour vous ! Moi, je n'y mettrai jamais les pieds, dans vos cigares volants ! (*La générale.*)

— C'est vrai que l'avion ce n'est pas encore ça. (*Justine.*)

— La solution, c'est le vol automatique. (*Alexandre.*)

— Quelle horreur ! Vous voulez dire un avion sans pilote ?

— Non, je veux dire muni d'un système qui corrigera automatiquement les instabilités, les trous d'air.

— En tout cas, il y a un domaine où vos avions ne font pas de progrès, c'est les routes du ciel ! Ils continuent à voler n'importe où !

— Ah oui, ça me rappelle l'affaire Buc. (*Quelques rires.*)

— Non, vous êtes trop jeune pour vous rappeler ça. Ce malin, comment s'appelait-il ? Bugue ?

— Burgue. (*La générale.*)

— Oui, Burgue, c'est cela. Il avait créé une société universelle pour réclamer des droits à tous les avions qui passeraient au-dessus des champs voisins de l'aérodrome. Il avait escroqué des tas de paysans crédules.

— Il avait défini la propriété des paysans comme un prisme dont la base était le champ et dont les côtés montaient dans le ciel!

— Au fond, est-ce qu'il avait tort? (*Justine.*) Vous imaginez, vous, un dirigeable stationné en permanence au-dessus de chez vous? Et s'il tombe dans votre jardin, est-il à vous?

— Bon, disons qu'il vous doit une bouteille de mousseux! (*Rires.*)

— Mais c'est Wells qui aura raison, nous ne serons peut-être plus là pour le voir, mais je vous dis qu'un jour les avions et les dirigeables seront aussi nombreux dans le ciel de Paris que les voitures aujourd'hui.

— Chacun le sien? Vous parlez d'une catastrophe!

— Oui, si la guerre ne détruit pas tout! (*Justine.*)

— Moi, je crois que c'est du ciel que viendra la paix. (*Talon.*)

— Le ciel vous entende, mon cher! (*Alexandre.*)

— Allons bon! Encore la guerre! Est-ce qu'il n'est pas permis de parler d'autre chose? » (*Approbation des femmes.*)

C'était comme si on avait tout caché. Ethel ressentait ce vertige, cette douleur. Un après-midi, au retour de l'école, elle avait dix ans à peu près. Le salon était anormalement vide et silencieux. Dans la pénombre, les rideaux de velours tirés, elle a distingué la grande bergère dans laquelle son père s'asseyait pour lire le journal et somnoler après manger. Une forme sombre, vêtue d'un grand paletot gris. Un feutre mou, gris lui aussi, un peu incliné en avant comme sur la tête d'un dormeur. Ethel s'est avancée à pas de loup, sans dire un mot. La grande bergère faisait écran à la lumière pâle filtrant entre les rideaux. La silhouette endormie ne bougeait pas. Ethel retenait sa respiration. Pour marcher plus légèrement, elle a posé son cartable sur le parquet, très doucement, en le calant contre un des pieds du fauteuil afin qu'il ne bascule pas.

Pourquoi n'y avait-il aucun bruit dans la maison? Le paletot gris, Ethel l'a reconnu, c'était celui de Monsieur Soliman, qu'il ne portait plus depuis longtemps, depuis qu'il avait cessé ses promenades au jardin du Luxembourg. Mais ce n'était pas Monsieur Soliman dans la bergère. C'était une figure effondrée, maigre, flottant dans un vêtement trop grand. Alors, qui avait osé? Ethel s'est approchée, penchée en avant. Et, tout à coup, elle l'avait vu. Le soleil était peut-être sorti entre les nuages, éclairant le visage. Un visage terreux, gris, marqué de rides profondes, une bouche large aux lèvres violettes, et un nez monstrueux, long, bossu, aux narines dilatées. Sous le feutre, le visage la regardait en grimaçant, de ses yeux vides aux paupières cernées de rouge. Ethel se souvenait d'avoir crié, d'avoir couru dans le corridor, jusqu'à sa chambre, elle sentait tous les poils hérissés sur ses bras et sur ses jambes, et un froid, une coulée froide le long de son dos. Son cœur battait à se rompre. Elle avait pleuré dans les bras de sa mère, sans pouvoir reprendre son souffle. Puis, un peu plus tard, elle avait entendu la voix grave de son père qui répondait aux reproches, qui cherchait à calmer Justine, une voix qu'elle ne connaissait pas, triste, coupable. Elle avait pensé qu'elle aimait mieux quand il se fâchait et criait avec son accent, Seigneu'Jésus! et qu'il continuait en créole avec ses ki cause-là ou bataclan, et c'est alors qu'elle avait compris ce qui se passait entre eux, ce qui rendait sa mère triste et son père malheureux, cette guerre qu'ils se faisaient chaque jour pour un oui pour un non, pour rien.

Quand elle était revenue dans le salon, après s'être calmée, le grand fauteuil était vide, le paletot gris, le feutre mou et les souliers cirés de Monsieur Soliman avaient été rangés dans le placard, et le masque surtout, cette vilaine tête coupée aux yeux réduits à deux trous noirs, avait disparu pour toujours.

Plus tard, elle avait cherché un nom pour cet inconnu, cet intrus. Quand elle en avait parlé à Alexandre, il avait fait semblant de ne pas s'en souvenir. « Un masque en carton bouilli, dis-tu? Non je ne vois pas... » Peut-être qu'il avait honte, ou bien il avait vraiment oublié l'incident.

Pourtant, ce ne pouvait être que lui. Un jour de semaine, pas le jour des réunions de famille. À l'heure où Ethel revenait de l'école. Une blague qu'il avait préparée à l'insu de Justine, et il s'était caché derrière la porte. Quand il avait vu le résultat, sa crise de larmes, son épouvante, il était allé se réfugier dans son bureau, il avait fait semblant de ne pas entendre. Pour la mi-carême peut-être… C'était encore le temps où Chemin venait chaque jour ou presque, pour les affaires. Est-ce que ç'aurait pu être lui ? Non, jamais il ne se serait permis.

Longtemps après, Ethel l'a entendu. Il parlait dans le salon avec Alexandre. Que disait-il ? Ethel n'était pas très sûre. Il avait prononcé un nom, et avait ajouté : « Une vraie tête de Shylock, les lèvres épaisses, les sourcils en broussaille, les petits yeux rapprochés, le front ridé, les cheveux crépus, et le nez, ce nez ! un bec d'oiseau de proie, un énorme bec de vautour ! » Ethel avait tressailli. Il parlait de son masque ! De cet homme au paletot gris, assis dans la bergère, dans l'ombre du salon. Elle a rougi de colère, elle est sortie du salon sans s'excuser, sans regarder personne. Cela s'était passé il y avait des années, et pourtant elle en tremblait encore. Le masque bouilli, grimaçant, gris comme une tête coupée, un unique cauchemar, et tout à coup elle comprenait ce qu'il signifiait, ce qu'il manifestait. Une sorte de bouffée de haine et de maléfice que Chemin avait installée dans leur maison pour la détruire, elle et sa famille.

Un après-midi, alors qu'Alexandre était à ses affaires (le chantier de la rue de l'Armorique venait de débuter), Justine à ses courses, à ses visites aux tantes, Ethel avait mis la maison sens dessus dessous pour retrouver la tête de Shylock. Fouillant méthodiquement une pièce après l'autre, la chambre de sa mère, le bureau de son père, le réduit où Ida passait parfois ses fins de semaine, le cagibi, la buanderie, les placards. Elle ne réussit à mettre au jour qu'un revolver d'ordonnance que sa mère avait caché dans son armoire sous une pile de draps rêches.

Plus d'une heure à fouiller dans tous les coins, à sortir le contenu des malles en osier, à explorer les vieux jou-

joux de son enfance (se pouvait-il que les adultes fussent assez insensibles pour dissimuler un cauchemar au milieu d'objets familiers ?) — vainement.

Justine était revenue un peu en avance, et elle avait trouvé Ethel assise par terre au milieu du désordre. À ses questions, Ethel avait répondu par des larmes, comme autrefois, en se serrant contre sa mère. Quand elle avait pu enfin s'expliquer, sa mère avait réagi avec une passion qui prouvait qu'elle n'avait rien oublié. « Le masque, ce fameux masque, oui, c'est moi qui l'ai jeté tout de suite aux ordures, ce n'était pas un jeu d'enfant, c'était une chose horrible, méchante, je l'ai jeté le jour même, ma pauvre chérie, je ne pensais pas que ça t'avait fait du mal, pardonne-nous ! »

Ethel a pleuré, elle s'est sentie libérée. Mais sans doute n'était-ce qu'une illusion. Le masque existait encore, il avait été fabriqué en série, et ceux qu'il faisait rire n'avaient pas changé. Le masque continuait de regarder avec ses yeux vides, dans l'ombre, coiffé de son chapeau mou, indélébile, inéluctable.

Par la suite, de fait, Ethel s'est rendu compte que rien n'était oublié. Elle était trop sensible, voilà tout. Elle était fille unique, dans une famille en guerre, dans une maison menacée. Elle n'avait pas le sens de l'humour, c'est ce qu'Alexandre aurait dit. Un rien la mettait hors d'elle.

II

LA CHUTE

C'est par Xénia qu'Ethel a appris la nouvelle. Elles se voyaient moins depuis quelque temps. Il n'y avait pas de raison particulière au relâchement de leur amitié. Sans doute de la fatigue, de part et d'autre, et Ethel avait imaginé que c'était Xénia qui se lassait. Les difficultés de la vie y étaient pour quelque chose. À la rentrée des classes, Xénia n'était pas là. Ethel lui avait écrit un mot, adressé au 127 de la rue de Vaugirard, resté sans réponse. L'été qui avait précédé cette rentrée avait été brûlant, Ethel avait découvert en Bretagne les plaisirs de l'aventure en bande, avec les jeunes filles et les jeunes gens en vacances à Perros-Guirec. Les balades à vélo, les bains de mer jusqu'à neuf heures du soir, la danse dans les bals publics, un peu de flirt dans les dunes, un joli garçon brun aux yeux verts nommé Stephen, les parties de cartes dans les cafés du bord de mer. On s'était promis de se revoir, on avait échangé les adresses. Retour à Paris, Ethel avait retrouvé un sentiment de lourdeur, derrière les yeux, l'impression de ne pas pouvoir respirer librement. Les éclats de voix d'Alexandre et Justine, pour un rien, pour une vétille, autrefois cela aurait fait battre le cœur d'Ethel, comme lorsqu'elle se jetait, enfant, entre ses parents en disant : « Papa, maman, arrêtez, je vous en prie ! » Pour se calmer, elle jouait trop fort du piano, les morceaux les plus bruyants, le *Cake-Walk* de Debussy, des mazurkas, ou bien elle mettait un disque sur le vieux phono à la voix éraillée. De Londres, Laurent Feld lui avait rapporté des disques inconnus en France, *Rhapsody in Blue* de Gershwin, Dimitri Tiomkin, et aussi Dizzy Gillespie, Count Basie, Eddie Condon, Bix Beiderbecke. C'était sans doute la réponse de Laurent aux plaintes récurrentes des invités d'Alexandre sur les nègres et les métèques qui envahissaient la France, qui allaient transformer Notre-Dame en synagogue ou en mosquée.

Et un jour, un peu avant Noël, Ethel a rencontré Xénia à la sortie du lycée. Elle a été stupéfaite du changement. C'était déjà une femme, vêtue d'un tailleur bleu sombre, coiffée d'un petit chapeau, sourcils dessinés au crayon et rose aux joues, ses beaux cheveux blonds retenus en chignon, disparues ses adorables boucles mêlées de rubans de soie. Elles ont marché dans les rues, au hasard, comme autrefois. À un moment, Xénia a dit : « Nous n'irons plus au jardin de ton grand-oncle, maintenant. » Comme Ethel la regardait sans comprendre : « Tu ne sais pas ? La construction a commencé. » Ethel a senti revenir le souvenir, quelque chose de très lointain, et pourtant cela ne faisait pas plus de deux ans. « Je ne savais pas, non. » Xénia l'a regardée durement : « Tes parents ne t'ont pas dit ? C'est un immeuble qu'ils sont en train de construire, les travaux ont commencé juste avant l'été. » C'était pour cela qu'Ethel avait ressenti ce tressaillement. Les souvenirs portaient avec eux cette mauvaise nouvelle. Comme si le temps avait mûri cette trahison, sans qu'elle le sache, en préparant l'inéluctable. Elle a eu un léger éblouissement, elle était au fond étonnée de ne pas être surprise par cette trahison. Un battement de paupières et, la voix assurée, elle a répondu à Xénia : « Mais si, je suis au courant, bien sûr, papa m'en a parlé quand j'ai signé le pouvoir, simplement tu comprends que je n'ai pas très envie d'aller voir. » Xénia a dit : « Ah oui, je comprends. » Elle avait un regard froid. Sans doute elle jugeait que c'était une affaire de gens riches, en train de s'enrichir davantage, alors qu'elle et les siens, dans leur dèche, à se demander comment ils pourraient boucler le budget à la fin de chaque semaine.

Elles se sont séparées, après une promenade au Luxembourg, comme naguère, à regarder les enfants jouer avec leurs absurdes bateaux à voile dans le bassin croupi. Il faisait froid, les arbres avaient perdu leurs feuilles. Xénia a dit : « Bon, eh bien, je dois aller par là. »

Ethel avait hâte de s'en aller, elle aussi. « Moi, il faut que je rentre dare-dare, j'ai ma leçon de piano. » Xénia s'est souvenue tout d'un coup, elles en avaient parlé longuement, au printemps de l'an passé. « Ah oui, tu prépares toujours le concours ? » Dans le jardin de la rue de l'Armorique, sous la tonnelle, elles avaient pensé se présenter ensemble, Ethel au piano, Xénia au chant. Comme pour une audition. Elles avaient même répété une romance de Desbordes-Valmore, sur une musique de Massenet. Tout cela semblait très loin, après l'été, après les roulements de tambour des conversations du salon du Cotentin, les disputes familiales. Et maintenant, l'immeuble qui allait pousser sur les ruines de leur rêve, cette trahison. Elles se sont embrassées rapidement. Ethel a remarqué le nouveau parfum de Xénia, ou plutôt, a-t-elle corrigé mentalement, l'odeur de son visage, un peu âcre, de la poudre sur ses joues, ou le shampoing à la menthe dans ses cheveux. Une odeur de pauvre, une odeur d'âpreté, de nécessité d'y arriver. C'est ce qu'elle a pensé en marchant vite le long de la rue de Vaugirard et, à l'instant même où cette évidence lui est apparue, confirmée par le contact du corset dur qui se cachait sous la blouse de Xénia, elle a senti ses yeux se remplir de larmes, de honte ou de dépit, des larmes amères en tout cas.

Elle était si impatiente qu'elle n'a pas pris l'autobus vers Montparnasse, et qu'elle s'est mise à marcher à grands pas, dépassant la foule, évitant les obstacles, se faufilant au milieu des voitures embouteillées, comme quand elle marchait en Bretagne sur les rochers noirs à la mer basse, calculant chaque bond, chaque saut, tous les sens en alerte. N'écoutant pas les lazzis des garçons de course, ni les klaxons des automobilistes irascibles.

Elle ne savait pas où elle allait. Il lui semblait que cela faisait des mois et des années qu'elle avait abandonné la Maison mauve et le jardin de la rue de l'Armorique. Mentalement, elle faisait le calcul du temps passé : automne, hiver. Assise avec Xénia sur le banc vermoulu, à causer. Les vignes rouges sur le mur arrière du jardin, et la grande bâche de toile goudronnée qui recueillait la pluie et les limaces. Xénia, très pâle, ses cheveux cendrés cachés par un foulard comme une paysanne russe, et les mots qui glissaient avec la pluie, les émotions, les paroles. La main de Xénia dans la sienne, menue et froide. Un jour, Xénia lui avait dit : « Tu as une poigne de garçon, tu sais ? » « C'est le piano, ça muscle beaucoup les poignets », avait dit Ethel. Elle avait un peu honte de ses grandes mains. L'hiver, il faisait très froid dans le jardin, ses mains étaient rouges, couleur de celles des lavandières. C'était un temps très doux, malgré la pluie et le ciel gris. Les grands arbres plantés autrefois par Monsieur

Soliman semblaient les protéger d'une buée verte. Cela durait des heures. En vérité, c'était comme si le temps n'existait plus.

Elle s'est arrêtée à l'entrée de la rue. Tout était calme et silencieux, comme à l'accoutumée. Monsieur Soliman lui avait fait remarquer le silence : « Je n'arrive pas à comprendre comment ce coin de campagne a survécu en plein Paris. » Le soir, il lui avait fait écouter le rossignol dans le paulownia.

« Quand tu vivras ici, avait-il dit, je te réveillerai la nuit pour l'entendre chanter. C'est pour ça qu'il y aura cette cour ouverte avec son bassin d'eau. Je planterai des cerisiers pour lui, les oiseaux adorent les cerisiers. » Le haut mur de pierres rouillées faisait une barrière continue jusqu'au bout de la rue. Après commençaient les ateliers, les dépôts. La voie ferrée était à moins de cent mètres, dans un fossé enfumé. De temps à autre, on entendait un criaillement d'aiguillages. Monsieur Soliman aimait bien le bruit des trains. Peut-être qu'il avait la nostalgie des grands voyages. Et puis il disait que les abords des gares étaient l'antipode de la bourgeoisie régnante, que c'était le lieu privilégié des artistes et des proscrits politiques. Il avait raconté qu'avant la guerre, avant la révolution, il avait joué aux échecs dans un café proche de la gare, avec un certain Ilitch, plus connu par la suite sous le nom de Lénine.

C'est en s'approchant qu'Ethel a compris. Le café en face offrait une façade impassible. Le bistrotier avait seulement orné sa vitrine d'une guirlande de houx, avec une faute d'orthographe, « Joyeuses fête », pour préparer la soirée du réveillon.

Le mur de pierre était cassé sur une dizaine de mètres. La petite porte en bois sur le côté était encore là, mais les coups avaient fait s'écrouler le linteau, bloquant le battant. Des sortes de ronces, ou du chèvrefeuille, pendaient. À la place du mur, un panneau de planches servait de rempart. Au haut du panneau, un écriteau affichait le permis de construire, mais Ethel n'a pas eu envie de le déchiffrer. À travers les planches, elle a regardé. Un grand trou noir occupait la totalité du jardin, jusqu'au fond. La pluie avait rempli le trou d'une eau sale, et par endroits affleurait une roche blanche, poreuse, semblable à un os. Elle est restée là un bon moment, le front appuyé contre la balustrade. Le grand trou noir entrait en elle, creusait un vide à l'intérieur de son corps. Avec un désespoir enfantin, Ethel a cherché à écarter davantage les planches, pour scruter le fond du jardin, là où se trouvait la bâche noire qui recouvrait les piliers et les panneaux de la Maison mauve. Elle a pensé, avec une certaine froideur, que le terrain mis à nu, débarrassé de ses ronces, semblait petit, ratatiné. Même les arbres avaient disparu. Le seul qui restait, le paulownia que Monsieur Soliman avait réservé au rossignol, avait l'air d'avoir été repoussé contre le mur du fond, déjeté, ses larges feuilles mangées de rouille. Curieusement, Ethel ne ressentait aucune colère. Simplement, devant le désastre, elle comprenait tout d'un coup ce qui s'était passé sans elle. Les conciliabules, les disputes entre son père et sa mère, les claquements de porte, les vagues menaces. La séance chez Me Bondy, la signature du pouvoir. Est-ce qu'elle avait réellement manqué quelque chose ? Ou bien est-ce qu'elle n'avait pas voulu comprendre, pas voulu entendre ? Des bribes de phrases lui revenaient, le nom d'un architecte, M. Paul Painvain, les plaintes du voisin Conard, mais là encore elle avait pu croire que c'était la vindicte contre son grand-oncle qui continuait, le danger que présentait pour tout le quartier une construction en bois, « et, qui plus est, dans les essences les plus indigènes ! ». Tout cela tournait autour d'elle, tourbillonnait dans son esprit jusqu'au malaise. Elle s'est appuyé le dos contre les planches. Près du carrefour, de l'autre côté, le café-sandwiches décoré pour Noël avait l'air de l'inviter, de la narguer. Sans réfléchir, avec des pas d'automate, Ethel s'est éloignée du terrain, elle a marché jusqu'à l'établissement, elle a poussé la porte. Elle n'avait jamais vu l'intérieur du café, seulement du coin de l'œil, en passant avec Xénia, des boiseries sombres, et respiré une odeur d'absinthe ou d'anis. Elle s'attendait à voir la figure congestionnée du bistrotier, et elle a été presque soulagée d'être accueillie par une femme, ni plus laide ni plus vulgaire qu'une autre, qui s'est approchée silencieusement de sa table. « Un grog », a demandé Ethel. La femme a un peu hésité. « Si, si, vous pouvez, j'ai l'habitude », a dit Ethel. Depuis la mort de Monsieur Soliman, elle n'avait pas bu d'alcool. C'était leur petit secret, le doigt de rhum arrosé d'eau bouillante citronnée et de sucre, qu'elle tournait avec lui en écoutant leur petite musique à la cuiller. Puis elle a allumé une cigarette, le paquet des Week-End de Virginie qu'elle emportait toujours dans son sac, quand elle retrouvait Xénia.

Pendant des semaines, après ce jour-là, pendant des mois, Ethel a porté ce trou au fond d'elle-même. C'était une douleur, un vide. Parfois, elle en perdait l'équilibre. Le sol montait vers elle, dans la rue, ou bien à la récréation entre deux cours, elle cherchait un mur contre lequel s'appuyer, un arbre, un pilier, n'importe quoi. Un matin, à l'heure de se lever pour aller en classe, le plancher de sa chambre basculait vers la gauche, comme le pont d'un bateau sur le point de chavirer. Sa mère est venue à la rescousse, puis son père. Ils ont téléphoné au médecin, le docteur Guzman. « Ce n'est rien, mademoiselle. Ça s'appelle un vertige. C'est un petit raté mécanique de votre oreille interne. Rien de grave à votre âge. Vous avez simplement besoin de repos. » Il a prescrit des gouttes de laudanum, et la bonne Ida a fait des tisanes de thé-gingembre, pour remonter la tension artérielle. Puis tout est rentré dans l'ordre, mais le trou était toujours là. Plusieurs nuits, Ethel a rêvé qu'elle se tenait devant la tombe de son grand-oncle. Elle était debout au bord de la fosse et, dans le fond boueux, elle voyait apparaître la forme de son corps, très grand, son visage très pâle, mais sa barbe et ses cheveux longs et noirs, comme quand il avait quarante ans.

Ensuite, peu à peu, l'équilibre est revenu. C'était la fin de l'hiver, les travaux de construction de l'immeuble avaient sérieusement commencé. Avec la même détermination qu'elle aurait mise à empêcher le projet, Ethel a voulu tout savoir, tout connaître. Elle est allée seule dans le cabinet de l'architecte Painvain, boulevard du Montparnasse, pour se faire montrer les plans. Sur la grande feuille de calque elle a examiné le dessin d'un immeuble de six étages, d'une grande banalité. « Voyez, mademoiselle. » L'architecte a montré des ornements sous les appuis des balcons et de chaque côté de la porte d'entrée. Il semblait se rengorger, tel un gros pigeon en train de gonfler les plumes de son cou. « Votre père a pensé que vous aimeriez une façade un peu plus, euh, fantaisiste, quelque chose de plus jeune. » Sur un tiré à part du plan, Painvain avait dessiné des sortes de macarons et, au-dessus du linteau de la porte, des plantes qui ressemblaient à des acanthes, enlaçant un visage de femme au profil gréco-romain — le profil de Justine, évidemment. C'était grotesque. Avec une méchanceté froide, Ethel a dit : « Parce que vous trouvez, vous, cela fantaisiste ? Vous trouvez que cela fait plus jeune ? » L'homme la regardait d'un air consterné. « Mais c'est votre père... » Ethel l'a coupé : « Ce n'est pas mon père qui a dessiné ces horreurs. Il n'est pas question d'ornements. Nous voulons une façade complètement nue. Sachez-le. » Elle est partie brusquement, pour cacher la colère qui l'envahissait. L'idée qu'on puisse essayer d'apporter du joli à cette chose qui allait grandir sur le jardin de la rue de l'Armorique lui semblait insupportable, lui donnait la nausée.

Elle est allée presque tous les jours, soit au cabinet de l'architecte, soit chez l'entrepreneur Charpentiers-Réunis, ou chez Pica & Hetter qui avait le marché du gros œuvre. Elle discutait les devis, corrigeait les erreurs, les exagérations. Elle a refusé la mosaïque du hall d'entrée, le fer forgé de la cage d'ascenseur, les vitraux de l'escalier, la boule de rampe en cristal, les fenêtres à arc surbaissé, les faux marbres en stuc, les planchers point de Hongrie, les portes intérieures ouvragées, les cheminées à cariatides, les poignées en cuivre, les arrondis, les fenêtres des salons en bow-window, les plafonds à caissons, les radiateurs à chauffe-plat, les escaliers de service, les boutons en ivoire, les boîtes aux lettres en bois précieux, le tapis rouge dans l'escalier, et même le nom que l'architecte avait trouvé pour l'ensemble, un nom précieux et prétentieux comme lui, La Thébaïde, auquel Ethel avait répondu par un sarcasme : « Pourquoi pas l'Atlantide pendant que vous y êtes ? » En revanche elle avait obtenu que fût agrandie la loge de la future concierge, et qu'on y fît mettre un calorifère.

Ensuite, elle s'est attaquée aux comptes. Elle a revu tous les devis, refusé les murs en brique pleine de 30, pour des meulières, refusé les cloisons de 8 pour du 15, refusé l'enduit de façade moucheté pour du lisse, et surtout discuté pied à pied avec les Charpentiers-Réunis, Pica & Hetter pour faire baisser les frais du gros œuvre : le terrassement et l'installation de la fosse, et le raccordement d'eau à tous les étages. À force de discussions, elle est parvenue à ramener le prix de la construction, hors finitions, à 857,14 francs le mètre carré, ce qui faisait pour les six niveaux 1 542 850 francs. Pour l'ascenseur et les finitions, il fallait ajouter 70 000 francs environ. Une fois le prix arrêté, elle a accompagné son père à la banque, en vue d'obtenir un prêt sur quinze ans, avec un comptant de 200 000 francs, ce qui mettait les annuités à 99 000 francs pour les cinq premières années, à 96 000 à partir de la sixième année, et à 88 570 à partir de la onzième.

Elle faisait tout cela avec une fièvre, une sorte d'impatience, comme si elle avait hâte que le vieux jardin de Monsieur Soliman fût effacé par cette construction hideuse et coûteuse qui devait, à ce que disait son père, lui assurer une rente jusqu'à la fin de ses jours et même au-delà.

Mais elle voyait bien que les choses ne se passaient

pas comme il avait prévu, au fur et à mesure des mois les difficultés se multipliaient, on avait jeté un mauvais sort à ce projet. Les fondations n'en finissaient pas. À chaque instant, les rapports arrivaient, sur le sous-sol instable, les galeries dans la pierre calcaire, la remontée des eaux, sans parler des menaces du sieur Conard dont la maison jouxtait le terrain, et qui se plaignait de fissurations, d'ondes de choc, d'odeurs pestilentielles, comme s'il y avait des tirs de mine ou des perforations de poches de grisou. Par son fait, le permis avait été suspendu plusieurs fois, avait failli être annulé. L'entremise de l'architecte Painvain avait arrangé provisoirement les choses, mais il avait fallu verser des pourboires et des pots-de-vin, et modifier les fondations. Au lieu de simples semelles, il fallait creuser des puits dans la roche calcaire pour y couler des piliers de béton, et semaine après semaine la profondeur augmentait, six mètres, puis douze, puis dix-huit. On traversait des grottes souterraines, peut-être d'anciens cimetières. Ethel rêvait à ces espaces en profondeur, l'image de son grand-oncle revenait, comme s'il habitait toujours dans ce monde du dessous, s'opposait à la construction de l'immeuble, à la dépossession de sa petite-nièce, à l'évacuation de son rêve indien. Au début des travaux, quand Ethel était allée pour la première fois sur le chantier, elle avait demandé au contremaître des Charpentiers-Réunis : « Qu'est devenu le matériel qui se trouvait au fond du terrain ? » L'homme avait cherché à comprendre, puis : « Ah oui, vous voulez parler du tas de vieilles planches pourries ? On l'a évacué à la décharge, il n'y avait rien à récupérer là-dedans. » Comme Ethel protestait, voulait en savoir davantage, il a haussé les épaules : « Je vous assure, mademoiselle, qu'on ne pouvait rien utiliser, tout était pourri sous la bâche, pourri et rouillé, même les pierres étaient en mauvais état. » Ethel avait protesté pour la forme. Au fond d'elle-même, elle était rassurée à l'idée qu'il ne resterait rien de la Maison mauve, absolument rien, pas même un colifichet pour orner la façade d'un pavillon de banlieue.

Les déjeuners de la rue du Cotentin se prolongeaient mais on sentait que l'ambiance n'était plus tout à fait la même. Malgré la discrétion des convives, la rumeur de la catastrophe en cours s'était répandue. Sans doute les fuites venaient-elles de la famille, des tantes, des neveux, qui avaient vécu dans l'illusion de la prospérité de la maison Brun, et qui commençaient à percevoir des signes inquiétants, des craquements, des fissures. Là où naguère la tante Pauline, la tante Milou, la tante Willelmine, ou même le parasite Talon, lorsqu'ils avaient besoin d'être « dépannés », cent ou mille francs, s'adressaient à Justine qui intercédait auprès de son mari, à présent ils devaient demander directement à Alexandre, insister, argumenter, pour en fin de compte essuyer un refus : « Ce n'est vraiment pas le moment, désolé mais la situation est compliquée, on verra ça le mois prochain. » On faisait des économies sur tout. Sur les repas, le vin, les sorties, et même les cigarettes. Alors, aux déjeuners, c'était plutôt du cari sec et des lentilles, avec très peu de viande, très peu d'alcools.

La conversation roulait sur les mêmes sujets, mais on sentait bien qu'il n'y avait plus la même liberté. Naguère, avait constaté Ethel, les disputes les plus acrimonieuses, les tirades les plus emportées se terminaient par des rires. La tante Pauline, la tante Milou étaient de vraies Mauriciennes, qui savaient grincer, se moquer, qui étaient rompues à l'exercice de sortie du « sujet qui fâche ». À présent, leurs boutades ne décrochaient plus les mêmes rires. Justine, quant à elle, était franchement sinistre. Avant même que le café fût servi dans les tasses, toujours par Alexandre qui tenait à ce privilège, elle se levait de table et allait s'enfermer dans sa chambre, prétextant la migraine, un vertige, une faiblesse.

Ethel restait. Elle avait laissé sa place à côté de son père pour aller s'asseoir au fond de la salle, près de la fenêtre — et mieux s'éclipser. C'était ce que disait Alexandre, pour plaisanter. En même temps, il la regardait, du coin de l'œil. Après un bon mot, une tirade, il cherchait son approbation, il guettait un sourire. Ou parfois, et c'était cela qui la troublait davantage, il ne disait rien, il semblait perdu dans une rêverie, et son regard vide se tournait vers Ethel, un regard bleu-gris flottant, un peu triste. Elle aurait voulu dire quelque chose pour le rassurer.

Elle avait dix-huit ans. Elle n'avait rien vécu, rien connu, et pourtant c'était elle qui savait tout, qui comprenait tout, et Alexandre et Justine qui étaient semblables à des enfants. Semblables à des adolescents égoïstes et capricieux. Leurs passions, leurs jalousies, leurs petites actions mesquines et ridicules, ces mots glissés sous les portes, ces sous-entendus, paroles aigres, rancunières, petites vengeances, petits complots.

Un jour, à la sortie du lycée — c'était la dernière année, après cela l'inconnu s'ouvrait, la liberté —, les filles parlaient mariage. L'une d'elles, plutôt jolie, Florence de son prénom, avait annoncé son prochain mariage, les préparatifs, la robe, la corbeille, la bague, Dieu sait quoi. Ethel n'avait pu s'empêcher de ricaner : « Ça ressemble plutôt à une vente aux enchères, ton histoire. » Elle avait ajouté comme un défi : « Moi, je ne me marierai jamais. À quoi ça sert ? » Elle savait que ça serait commenté, rapporté, elle s'en fichait. « Les garçons, ce n'est pas ça qui manque, pas besoin d'un mariage pour vivre avec quelqu'un. » — « Et les enfants ? » Là, Ethel était contente de marquer un point : « Ah bon ? C'est pour les enfants que tu te maries ? Pour qu'après on te tienne en te menaçant de te les enlever ? Qui est-ce qui fait les enfants ? Pas les hommes, que je sache ! »

Puisqu'on parlait mariage, c'est justement à ce moment-là qu'est tombée la nouvelle. Un peu avant les vacances, en juin. Il faisait très doux, un ciel léger avec des nuages qui bourgeonnaient. Ethel attendait une lettre d'Angleterre, Laurent Feld avait terminé ses études, il viendrait, ils iraient se promener à Vincennes, et puis ils partiraient pour la Bretagne, il voulait louer des vélos à Quimper pour faire un grand tour, dormir dans les granges, visiter les petites églises.

C'est une lettre de faire part qui est arrivée. Justine ne l'avait pas ouverte, mais rien qu'à la voir, à la calligraphie enfantine, et avant même de lire le contenu, Ethel est allée comparer l'enveloppe à celles que Xénia lui avait envoyées. C'était bien elle qui avait écrit l'adresse et le faire-part, Ethel a reconnu sa façon de barrer les *t* et de faire le *A* majuscule en étoile :

À Mademoiselle Ethel Brun
E. V.

Elle s'était simplement appliquée pour faire joli, ce petit rien ridicule fit beaucoup de mal à Ethel, comme si ça ne suffisait pas qu'elle annonce ses fiançailles avec ce monsieur Donner, prénom Daniel, et ces adresses croisées, rue de Vaugirard, pour elle, villa Solferino, pour lui. Elle mignardisait.

Ethel a haussé les épaules. Les jours suivants, elle a voulu oublier. Le chantier de la rue de l'Armorique a retenu son attention. Elle y allait jusqu'à trois fois par jour, pour regarder les fondations enfin terminées, les tronçons de murs qui commençaient à s'élever au-dessus du sol. Depuis des mois, les travaux avaient repris avec une sorte de fièvre, malgré les grèves, malgré les menaces de révolution. Ethel ressentait une satisfaction à regarder le mur de la propriété voisine du sieur Conard aveuglé par les bâches pour lutter contre la poussière. Lui revenaient les lettres de récrimination avec accusé de réception adressées à Monsieur Soliman. « J'ai constaté qu'entre dix heures du matin et trois heures de l'après-midi vos arbres font de l'ombre à mes fruitiers, je vous préviens que sous huit jours… » Maintenant, chaque coup dans le sol, chaque grincement des tringles de métal pour les chaînages, chaque nuage de poussière de ciment devenait un moyen de vengeance qui mordait dans la chair frileuse et molle de l'ennemi de son grand-oncle, celui qui avait empêché la réalisation de la Maison mauve. C'était trop tard, mais c'était tout de même une victoire.

Puis, quelque temps après tout est revenu. Les vertiges, le vide. Ethel restait allongée sur le lit, sans se déshabiller, sans avoir dîné, les yeux ouverts à regarder le rectangle de la fenêtre où la lumière du ciel dessinait le quadrillage des petits-bois. Elle ne ressentait pas vraiment de la tristesse, et pourtant les larmes coulaient sur ses joues et mouillaient l'oreiller, comme un trop-plein qui déborde. Elle s'endormait en pensant que le trou qui la transperçait serait résorbé le lendemain, mais c'était pour constater au réveil que les bords de la plaie restaient aussi éloignés.

On pouvait vivre avec cela, c'était bien le plus étonnant. On pouvait aller, venir, faire des choses, sortir aux courses, prendre sa leçon de piano, rencontrer des amies, prendre le thé chez les tantes, coudre à la machine la robe bleue pour le bal de fin d'année à Polytechnique, parler, parler, manger un peu moins, boire de l'alcool en cachette (une bouteille de scotch Knockando dans un coffret en bois fermé par des lanières de cuir, un cadeau en secret de Laurent), on pouvait lire les journaux et s'intéresser à la politique, écouter le discours du chancelier allemand à la radio, au Bückeberg, pour la Fête de la moisson, sa voix qui vibrait dans les aigus, emportée, pathétique, ridicule, dangereuse, qui disait : « La liberté a fait de l'Allemagne un beau jardin ! »

Mais cela ne comblait pas le vide, ne refermait pas les lèvres de la plaie, ne remplissait pas l'être de la substance qui s'était vidée, année après année, et qui s'était enfuie dans l'air.

Justine avait bien tenté quelque chose. Elle est entrée un soir dans la chambre, elle s'est assise sur le bord du lit. Cela devait faire des années qu'elle n'avait pas fait cela. Depuis l'enfance d'Ethel après les disputes violentes avec Alexandre, quand ils se parlaient durement, méchamment, sans insultes, mais lui avec colère et elle avec sarcasme, et leurs mots étaient non moins cruels ni blessants que s'ils s'étaient frappés à coups de poing, que s'ils avaient envoyé voltiger de la vaisselle et des livres, comme cela se faisait dans d'autres ménages. Ethel restait figée sur son fauteuil, son cœur battait trop fort, ses mains tremblaient. Elle ne pouvait rien dire, seulement une ou deux fois, elle avait crié : « Assez ! » Et Justine était entrée dans sa chambre, elle s'était assise sur le lit, comme ce soir, sans rien dire, peut-être qu'elle avait pleuré dans l'obscurité. Maintenant, tout cela était fini. Ils ne se disputaient plus, mais le vide avait grandi, avait creusé un fossé entre eux que rien ne pourrait combler. Xénia, à son tour, avait trahi Ethel, elle s'était éloignée, fiancée avec un garcon qui ne valait rien, qui ne la valait pas.

Il fallait quitter l'enfance, devenir adulte. Commencer à vivre. Tout cela, pour quoi ? Pour ne plus faire semblant, alors. Pour être quelqu'un, devenir quelqu'un. Pour s'endurcir, pour oublier. Elle a fini par se calmer. Ses yeux se sont séchés. Elle écoutait la respiration de Justine, juste à côté d'elle, et le rythme régulier l'endormait.

La chute a commencé sans que personne ne s'en rende vraiment compte. Pourtant, Ethel était aux aguets. Elle savait que cela pouvait arriver. Même Monsieur Soliman l'avait prédit longtemps avant. Il en avait parlé quelquefois, à demi-mot. « Quand je ne serai plus là, tu devras faire très attention. » Ethel avait onze ans, douze ans, est-ce qu'elle pouvait comprendre ? Elle disait : « Vous serez toujours là, grand-père. Pourquoi dites-vous cela ? » Il avait l'air sérieux, même un peu soucieux. « J'aimerais beaucoup que tu n'aies pas de souci à te faire pour ton avenir, j'aimerais que tu ne manques de rien. » Il avait pris sa décision, il allait écrire un testament, il lui léguerait tout, le terrain, son appartement du boulevard du Montparnasse, il serait sûr qu'elle aurait cette garantie, quoi qu'il advienne. Il ne haïssait pas son presque gendre, simplement il n'avait pas confiance en lui. Cette façon qu'avait Alexandre Brun de flamber, de caresser des songes creux, construire une maquette d'aérostat, expérimenter une hélice, et surtout ce talent qu'il montrait à se livrer aux margoulins, aux chevaliers d'industrie, aux arnaqueurs. « Ton père t'a parlé de ce qu'il fait, du projet de canal en Amérique, des mines d'or du Gourara-Touat, tout ça ? » Mais il ne pouvait pas être question d'espionnage, et il s'excusait tout de suite : « Oublie tout ça, même si tu en entends parler, oublie-le. Ce sont des bêtises, tu n'as pas à t'en mêler. »

Maintenant, Ethel aurait pu faire la liste de toutes ces bêtises. Elle n'avait pas eu besoin d'écouter aux portes. Dans les conversations de salon, cela revenait sans cesse. D'abord comme une litanie fantastique, avec des noms de lieux, des appellations de sociétés, des descriptions. Développement du Tonkin, Diamantaires de Pretoria, investissement immobilier à São Paulo, Bois précieux des Cameroun et de l'Orénoque, constructions portuaires à Port-Saïd, à Buenos Aires, à la boucle du Niger. Elle aurait voulu poser des questions, non par intérêt, mais par curiosité. Alexandre s'enflammait, il prononçait ces noms comme s'ils étaient la clef des songes, et qu'ils n'avaient pas de réalité. Il croyait être au début de l'aventure, il avait foi dans la promesse du progrès, de la science, de la prospérité économique. Il trouvait les Français frileux, égoïstes, inconsistants. Il regrettait d'avoir manqué sa vie

110

en restant à Paris après ses études. Ce n'était pas Maurice qu'il souhaitait retrouver. Dans l'île, il avait étouffé. Comme Monsieur Soliman, il trouvait que « petit pays, petites gens ». Il voulait un théâtre plus grand pour ses activités. L'Amérique du Sud, la pampa. Ou bien l'Ouest américain, les forêts gelées du Grand Nord canadien. Ses héros, c'étaient John Reed, Jack London, Stanley. Mais il ne fallait pas lui parler de Charles de Foucauld. « Un agent d'espionnage au service de l'armée française, un intrigant, un poseur. » La générale Lemercier s'insurgeait, mais les tantes mauriciennes laissaient dire.

En attendant, il avait donné, prêté, perdu de l'argent de tous côtés. Les affaires, les fameux investissements, n'avaient profité qu'aux margoulins, et encore. Ethel aurait pu réciter la longue litanie des faux amis, des conseillers véreux. Ils étaient venus aux réunions de la rue du Cotentin. Ils apportaient des boîtes de cigares, du cognac, des fleurs pour Justine. Ils avaient fait signer des papiers. Les dossiers s'étaient empilés, chacun représentait une petite fortune. Beuret, Sellier, Pellet, Chalandon, Forestier, Cognard. Ils s'étaient succédé, ils avaient disparu. Quand Ethel demandait de leurs nouvelles, Alexandre restait évasif. « Lui ? C'est vrai que cela fait un bout de temps que je ne l'ai pas vu. » Si Justine le pressait un peu, il se fâchait : « Bon sang, mais vous n'avez qu'à me mettre en accusation ! Si vous tenez tant à gérer les affaires, je vous communiquerai tous les dossiers ! »

Sur Chemin, il avait l'oreille basse. Le scandale avait éclaté quelque temps auparavant. Les opérations boursières de Chemin étaient complètement frauduleuses, imaginaires. Les dossiers sur les mines du Gourara-Touat en Algérie, sur les nappes de pétrole de Sfax en Tunisie, sur la voie ferrée transsaharienne, tout était faux. Une association s'était formée, qui réunissait les victimes de Chemin afin de le traîner devant le tribunal et d'obtenir réparation. Justine avait insisté, tempêté pour qu'Alexandre rejoigne les plaignants et, après de nombreuses scènes, hésitations, colères vaines, il avait donné son accord pour ester en justice.

Cela le rendait malheureux. Ethel, un jour qu'elle lui parlait de cette histoire, à mots couverts bien entendu, parce qu'elle n'était pas censée être au courant, fut stupéfaite de comprendre que ce qui le rendait triste, ce n'était pas d'avoir été trahi et pillé par son ami, mais que celui-ci, désormais, allait manquer aux réunions du dimanche. « Enfin, papa, rends-toi compte du mal qu'il nous a fait ! Par sa faute, nous risquons d'être ruinés ! »

Alexandre avait tenu tête.

« Ruinés, comme tu y vas ! Le pauvre type va perdre beaucoup plus que nous ! » Il a ajouté, solennellement, après un silence : « Il risque de perdre son honneur ! » À quoi Ethel avait répondu : « Son honneur ! C'est toi qui lui fais beaucoup d'honneur, à ce bandit de grand chemin ! » Alexandre était parti se réfugier dans son fumoir : « Je ne veux pas t'entendre parler comme cela. »

Le procès avait eu lieu, finalement, à la rentrée judiciaire, après une instruction qui avait traîné pendant près d'un an. Des témoins avaient défilé, mais Alexandre avait refusé de parler. Sous la pression de sa famille, il avait maintenu sa signature dans les rangs des plaignants en ne demandant, disait-il, qu'une condamnation de principe. Chemin en personne était monté à la barre. Il avait lu, d'une voix émue, une longue déclaration dans laquelle il présentait ses humbles excuses à ses « chers amis », leur affirmant la sincérité de ses intentions, et ne se reconnaissant pas d'autre culpabilité que d'avoir été imprudent et « confiant dans l'humanité ». Il s'engageait à réparer les dommages causés à chacun, « dussé-je, disait-il, y sacrifier ma vie, ma famille, mon bonheur personnel ». Du coin de l'œil Ethel surveillait son père. L'exorde avait porté, car à ce moment Alexandre ôta ses lunettes pour essuyer pudiquement une buée. Le verdict tomba dans un brouhaha général, et le juge dut relire la sentence pour que tout fût clair : le sieur Chemin, Jean-Philippe, demeurant à Paris, rue d'Assas, était condamné à six mois de prison avec sursis, ainsi qu'à verser une indemnité considérable à ses victimes, et à payer les dépens. Il était ruiné, mais son visage ne laissait pas apparaître un désespoir et une contrition considérables. Alexandre l'attendait à la sortie. Dans la cohue, il lui saisit les deux mains : « Monsieur, je suis de tout cœur avec vous ! » Ethel regardait la scène comme si elle avait été au Boulevard. L'instant d'après, la foule happa Chemin, et d'autres victimes se pressaient pour le féliciter, le conforter dans leur amitié. « Après tout ce qu'il t'a fait ! » dit Ethel. Elle sentait une rage monter en elle, qui noyait tout ce qu'elle pouvait éprouver de pitié et d'amour pour son père. Peut-être, après tout, méritait-il ce qui lui était arrivé.

La suite logique de tout cela avait été la banqueroute. La Thébaïde, inachevée depuis un an, ne trouvait pas preneur. Quant à louer les appartements, comme cela avait été le projet initial, c'était devenu impossible. Le moratoire sur les augmentations de loyer était arrivé à cet exact moment. Il aurait fallu louer à perte, avec le risque de ne pouvoir vendre un immeuble occupé. Alexandre avait cessé de fulminer contre le Front populaire, contre les grévistes, les manifestants. Il n'accusait plus que la malchance. L'argent de la dot de sa femme, la succession des propriétés mauriciennes, tout avait fondu, avait été englouti par l'immeuble et par les malversations. Ethel découvrait l'ampleur de l'effondrement : le sieur Chemin n'avait pas agi seul. Des dizaines de démarcheurs, sous sa houlette, avaient défilé dans le salon de la rue du Cotentin. Ethel se souvenait les avoir entrevus, messieurs vêtus de noir, chapeautés de feutre, elle croyait voir des croquemorts. Leurs cartables de cuir, leurs dossiers. Ils venaient vendre du vent. Du papier japon, du tabac de Virginie, des chantiers navals, des forages, des mines, des aérodromes, du caoutchouc de Malaisie, du café du Brésil.

Cette année-là, au lieu de préparer les épreuves du baccalauréat section classique, Ethel avait épluché des dossiers. Après le procès Chemin, Alexandre avait renoncé à sa tactique du déni. Il laissait Ethel entrer dans ses archives, il le lui avait même conseillé : « C'est à toi de tout reprendre, moi je ne suis plus en état de juger sereinement, je suis accablé, voilà tout. Mais nous trouverons une porte de sortie, tu verras. Nous allons faire front, tous ensemble, comme une vraie famille. » Etc.

Propos lénifiants, pensait Ethel. En remontant le cours de cette histoire, elle voyait bien qu'il n'y avait pas de porte de sortie. Les achats d'actions, les prêts, tout cela ne correspondait à rien. Les bénéficiaires étaient à l'autre bout du monde, dans des endroits imaginaires. Les titres étaient imprimés sur du beau papier — du japon sans doute — orné de chamarrures, de volutes, paraphés et signés par les dirigeants des sociétés, ils semblaient surgis d'une autre époque, telles les actions des chemins de fer russes, ou du canal à écluses du Panama, dont les tiroirs de la commode de Justine étaient pleins. Ils étaient parfois inattendus et, en les regardant, Ethel se sentait prise par une sorte de rêverie, d'étourdissement.

Un dossier volumineux, qui ne devait rien à Chemin, s'intitulait : Société de prospection du trésor de Klondike, Nouvelles Découvertes, île Maurice. C'était une histoire ancienne. Ethel avait entendu plus d'une fois le nom de Klondike, quand elle était sur les genoux de son père. C'était Klondike ceci, Klondike cela. Personne d'autre ne s'y intéressait, mais d'entendre Alexandre en parler, avec sa voix grave, ses accents, ses trémolos, jusqu'à s'emporter, elle avait eu envie d'y croire. Un jour, elle lui avait demandé : « Qu'est-ce que c'est Klondike ? » Elle n'arrivait pas à bien prononcer le nom, elle butait sur la première syllabe : « K-lon-dike. » Il avait baissé la voix. Il était ému. Il avait parlé du secret qui entourait cet endroit. Sur la côte nord de Maurice, dans un lieu solitaire, battu par les vagues, sous le vent incessant, l'île aux Herbes, l'île au Chat, l'île d'Ambre. Un bateau naufragé, un des derniers corsaires, au temps de la paix d'Amiens. La capture du trésor d'Aurang Zeb, roi de Golconde, la rançon qu'il avait dû payer pour sa fille, de l'or, beaucoup d'or, une montagne d'or, des pierres précieuses, des rubis, des topazes, des émeraudes. C'était là-bas, à l'intérieur des terres, sous des tas de pierres de lave, au fond d'un enfoncement. Comment le savait-on ? Ethel avait dû attendre la réponse. Ou peut-être qu'elle n'avait pas osé poser la question. Il y avait cette histoire de pendule, les tables de Chevreul, l'antenne de Lecher. Le corsaire maudit avait parlé depuis l'outre-tombe. La séance que Léonida avait faite, un soir, à Mapou. Qui était Léonida ? Ethel l'avait imaginée un peu fée, un peu sorcière. Léonida B., disait

Alexandre. Comme si son nom même devait rester secret. Elle faisait tourner les tables, ricanait Justine. Non, ce n'était pas ça. Léonida écrivait sous la dictée des esprits. En épluchant le dossier, Ethel a trouvé cette feuille de papier, un vrai grimoire. La plume avait accroché, laissant des éclaboussures. Une écriture fine, entortillée, des mots attachés les uns aux autres, des mots barrés ou soulignés. Des mots incompréhensibles, de l'allemand avait-elle pensé, puis, non, plutôt du néerlandais. Le corsaire hollandais, le dernier qui avait croisé au large de Maurice. *Oxmuldeeran, ananper, diesteehalmaarich, sarem, sarem.* C'était ridicule, honteusement absurde, la chose la plus terriblement bête qu'elle ait jamais lue, mais au même moment, quand elle lisait ces mots, qu'elle les déchiffrait avec peine, elle sentait un petit frisson d'horreur ou de plaisir, elle restait penchée sur le vieux papier froissé, elle ne pouvait s'empêcher de croire que c'était ceci la clef de leur mauvaise fortune, leur mauvaise étoile, le talisman de leur malchance. Léonida, assise devant sa table, ses doigts crochus posés sur la feuille, ses yeux révulsés, en train d'écrire, le vent de la mer devait pousser sur les volets clos, le vent qui sifflait dans les branches du mapou, le vent qui fracassait le navire hollandais sur les roches noires de Maurice, les monticules de pierres qui marquaient le lieu du trésor maudit. Et puis ce nom de Klondike, les syllabes qui l'avaient émerveillée enfant, ces mots dans une langue inventée qui ne voulaient rien dire, qui parlaient seulement de fumée, de suie, de misère. Klondike, qui n'existait pas, qui n'avait jamais existé.

Il avait bien fallu vendre. Justine n'avait pas l'habitude de se plaindre. Elle ne parlait pas. Elle soupirait un peu : « Eheu, la vie est difficile. » Elle disait seulement : « La vie est un sac très lourd. » Qu'y avait-il dans le sac ? Ethel le savait depuis l'enfance, elle connaissait chacune des pierres qui étaient entrées dans le sac. Maude, la liaison jamais finie, une sorte de béance qui écartait Alexandre de Justine et que rien ne pourrait réparer. Mais enfin, ils étaient restés ensemble. Les mensonges ne s'efface-raient pas, ni les marques des coups qu'il s'étaient portés, mais le radeau du mariage continuerait de... Ethel s'était surprise à jurer comme Xénia. Merde ! Merde et merde au radeau, au radotage, aux bons sentiments. Ils étaient vieux. Alexandre, très ralenti depuis une chute sur le car-reau du couloir, les jours et les nuits passés au lit à ronfler, à râler, son visage trop blanc, envahi par la barbe comme le visage d'un mort.

Les trahisons. Les à-peu-près. L'argent jeté par les fenêtres à pleines mains. L'argent de la dot, l'argent de la vente des sucreries, Alma, Launay, Riche en Eau. Les noms qu'Ethel avait entendus depuis l'enfance. Dans les fameux dossiers, elle avait trouvé ce dessin :

qui l'avait fait rire, malgré l'amertume. Alma, la légendaire, nourrissant ses héritiers avides et sans scrupules, tandis que le plateau de la balance plongeait dans le déficit sous le poids de ses énormes flatulences, c'était la caricature qu'Alexandre avait tracée d'une plume vengeresse — tout ce qui restait désormais de la fortune familiale à Maurice !

Qu'est-ce qui avait survécu de cette époque ? Tous ruinés, beaucoup étaient morts dans la dèche. Les vieilles tantes n'avaient rien. Milou surtout, qui ne s'était pas mariée, qui avait vécu toute sa vie de la charité de son frère et de ses sœurs. Les autres ne valaient guère mieux. Elles aussi avaient perdu, au jeu, au mariage, elles s'étaient fait escroquer avec bonheur, avec appétit !

C'était un peu avant l'été. Ethel s'en souviendra, il faisait une langueur anormale, la ville semblait endormie. Alexandre, remis à peu près de son accident, avait repris ses sorties. Chapeauté, impeccable dans son costume gris trois pièces du temps de sa splendeur, sa barbe taillée aux ciseaux et ses cheveux noirs bien peignés, il allait aux affaires.

« Mais qu'est-ce qu'il espère ? Trouver un nouveau filon ? », avait commenté Ethel. « Ne parle pas de cette façon, avait répondu Justine. Ton père est très affecté d'avoir à tout vendre. » Ethel n'avait pas accepté la résignation de Justine. « Il s'agit bien d'être affecté ! Qu'est-ce qu'il va faire ? Avec qui ? Et nous, qu'est-ce qu'on va devenir ? Où est-ce qu'on va aller ? De quoi va-t-on vivre ? » C'était malgré elle. Les questions remontaient dans sa gorge, elle les sentait se bousculer, là, au fond de sa poitrine, comme

118

si elles pressaient sur son diaphragme. L'indolence de Paris avant juillet lui pesait, lui donnait la nausée. Ce soleil pâle comme un cachet d'aspirine, ce fleuve sale. Le ciel qui serrait les tempes comme un couvercle. Elle avait écrit dans son carnet ce vers grimaçant : « Jeter ce cachet dans la Seine, pour guérir Paris de sa migraine. »

Xénia, où était-elle ? Depuis des mois, elle n'avait plus donné de nouvelles. Le mariage avec Daniel n'avait pas eu lieu. Elle en était sûre. La famille du futur hésitait. Leur fils était un prix précieux qu'il fallait mériter. Et lui en avait-il envie ? Est-ce qu'il savait à quel point Xénia était unique, magnifique, et que jamais il ne mériterait ne fût-ce que d'attacher ses chaussures, ne fût-ce que d'attacher son regard gris-bleu.

La tête lui tournait. Elle a pris Justine par la main. « Allons ! Il faut y aller ! On ne peut pas rester les bras ballants ! Il faut se battre ! »

Elle se sentait le brave petit soldat qui monte au combat, sans expérience, avec toute l'ardeur et la confiance de la jeunesse. Justine rechignait. Elle a fini par céder, elle a mis son chapeau à voilette (celui qu'elle portait pour l'enterrement de Monsieur Soliman) et elle a donné le bras à sa fille, mais c'était Ethel qui l'entraînait. Elles sont entrées dans le cabinet de Me Bondy. En revoyant le décor où elle avait perdu son héritage, Ethel a ressenti une rage froide. Le notaire n'était-il pas responsable, après tout, autant qu'Alexandre ?

« Madame, mademoiselle ? » Il était pareil à lui-même, l'air ennuyé, son teint de papier mâché. Comment Alexandre pouvait-il avoir confiance dans un tel homme ? Ethel n'a pas laissé à sa mère le temps de dire un mot. « Vous connaissez notre situation, n'est-ce pas ?

Vous savez que mon père a tout perdu. Il reste l'appartement dans lequel nous vivons, le bout de terrain, et l'atelier que nous louons à Mlle Decoux. Qu'est-ce que vous proposez ? »

Bondy faisait semblant de consulter des dossiers. Il lissait sa moustache teinte en roux, où se mêlaient les poils gris sortant de ses narines. « Vous dites que votre papa a tout perdu. Ce n'est pas ce qu'il m'a dit, à moi. Il est — nous sommes — en train de négocier avec un acquéreur important, et je puis vous garantir…

— Non, non, ce n'est pas ce que je vous demande. » Ethel avait le cœur qui battait trop vite, mais elle s'efforçait de parler calmement. « Ce n'est pas de promesses qu'il a besoin. Il lui faut la certitude qu'une fois tout réglé, tout payé, il pourra continuer à habiter l'appartement de la rue du Cotentin. »

Mᵉ Bondy était pris de court. Il n'avait probablement jamais eu dans sa carrière affaire avec une jeune fille âgée de dix-neuf ans qui venait lui réclamer des comptes. Sans doute se sentait-il protégé par la loi, il n'avait commis aucune malversation. L'acte qui faisait d'Alexandre le détenteur des droits sur l'héritage de Monsieur Soliman, tout était légal. Mais la réalité était là : il la lisait clairement sur le visage effondré de Justine, dans le regard dur et brillant d'Ethel. La ruine, l'angoisse du futur, la maladie d'Alexandre, l'incapacité où étaient ces deux femmes de s'en sortir. Il a refermé les dossiers. Peut-être qu'il était attendri, ou qu'il ressentait de la honte.

« Mademoiselle Brun, je vais voir ce que je peux faire. J'espère qu'il n'est pas trop tard pour négocier avec la banque. Mais n'attendez pas trop de moi, je puis donner des conseils à votre papa, mais je ne peux pas défaire ce qu'il a fait.

— Même si son état de santé ne lui a pas permis de prendre la bonne décision ? »

Mᵉ Bondy avait compris avant Justine.

« Oui, oui, on pourrait toujours demander la mise sous curatèle de votre papa, compte tenu de ce qui lui est arrivé. Il faudrait un certificat du médecin qui...

— Jamais ! » Justine a contenu son cri. « Il n'est pas question de, jamais je n'accepterai pour lui une telle indignité. »

Elles sont reparties. Cette fois, Ethel ne donnait plus le bras à sa mère. Elle marchait vite en faisant cogner ses talons sur le trottoir. Le boulevard du Montparnasse était encombré, bruyant. Les terrasses des cafés étaient déjà envahies, des hommes, des femmes qui buvaient des bocks, les voitures et les camionnettes s'embouteillant au carrefour de l'avenue du Maine. Ethel continuait à marcher sans ralentir, elle entendait derrière elle le petit bruit un peu pitoyable de sa mère qui trottinait, son souffle court, la voilette devait se coller à son nez à chaque inspiration. Tous ces gens, pensait-elle. Tous ces gens indifférents, chacun dans sa bulle, dans sa coquille. Ces gens qui flânaient, d'autres qui faisaient semblant d'être occupés. Les gens graves, les grisettes, les artistes. La comédie du boulevard. Personne qui se souciât véritablement de personne. Une ville où on pouvait se perdre, où, si l'on perdait de vue quelqu'une, si on la semait à la course comme à la gymnastique du lycée, il y avait toutes les chances pour qu'on ne la retrouvât jamais !

Elle a pensé soudain à Xénia. Son image est revenue d'un seul coup, comme si de l'avoir écartée depuis des mois l'avait rendue encore plus nécessaire. Xénia, quelque part dans Paris, vivant sa vie, de son côté. La famille Chavirov avait déménagé, sans laisser d'adresse. Ethel avait bien pensé à l'atelier de la rue Geoffroy-Marie, mais elle n'avait pas eu le courage d'y retourner. Elle aurait pu ruser, s'embusquer dans un café, guetter le passage de Xénia ou de sa sœur Marina, mais la seule idée du regard goguenard d'un cafetier ou des œillades des messieurs qui cherchaient les filles dans ce mauvais quartier lui avait fait horreur. Xénia était son amie. Sa seule amie. Celle qui était le plus proche, qui l'avait influencée dans sa vie. Et, en marchant sur ce trottoir encombré, en cognant fort des talons sur le ciment, en allant de l'avant, c'était Xénia qu'elle avait imitée. Xénia qui décidait. Qui se battait pour vivre. Xénia qui pouvait rire de tout, se moquer de tous, Xénia venue de loin, qui avait décidé de réussir sa vie.

C'était un flot de bonheur, une ivresse. Ethel a ralenti le pas, elle s'est même arrêtée un instant au bord du trottoir, comme si elle cherchait sa route. Justine est arrivée, un peu essoufflée, elle s'est accrochée à son bras. « Tu marches trop vite pour moi. » Elle était légère, pas plus lourde qu'un petit oiseau.

Ethel a compris. Elle a regardé sa mère. Elle s'adressait à Xénia, de l'autre côté de la ville. On ne choisit pas son histoire. Elle t'est donnée sans que tu la cherches, et tu ne dois pas, tu ne peux pas la refuser.

Bien entendu tout cela avait été inutile. Comme si la destinée avait été nouée, le fil invisible qui attachait Justine et Alexandre les tirait vers le malheur, vers le fond. Mᵉ Bondy avait téléphoné, le lendemain. Il avait réussi à suspendre la vente aux enchères, un acheteur proposait de reprendre la dette, sur la seule garantie du terrain et de l'immeuble inachevé. Alexandre gardait la jouissance de l'appartement de la rue du Cotentin, de l'atelier d'artiste, c'était comme si on avait effacé un mauvais rêve. Justine attendait le retour de son mari, elle avait mis une jolie robe, elle s'était coiffée, poudrée, parfumée. Elle avait préparé du thé, des gâteaux de maïs, Ethel l'avait aidée à mettre la table. Ça faisait un peu exagéré, avait pensé Ethel, le retour d'Ulysse à Ithaque. Un peu mascarade malgré tout. Vers le soir, Alexandre est revenu fourbu. La chaleur, dehors, l'avait exténué, il s'est laissé tomber dans le fauteuil. Il n'a même pas regardé la théière. « C'est fait, a-t-il dit. Tout est dit. Il n'y a plus de dettes. Nous allons commencer une nouvelle vie. » Ethel regardait sa mère. Justine n'avait pas encore compris. Elle posait des questions, sa voix montait crescendo. Cela faisait comédie, à présent. Un opéra, une opérette plutôt. Ethel imaginait la musique, quelque chose de léger, un peu cassé, une ritournelle. « Pourquoi? Pourquoi? » Et la voix grave d'Alexandre, son accent mauricien traînard, les « qu'est-ce qu'on pouvait faire? ». Comme il disait au cours des conversations de salon : « Kipé fer? » Avec la chaleur, son visage tournait au bistre. Depuis l'accident, il ne teignait plus sa barbe, les filets blancs apparaissaient de chaque côté, au bas des joues.

La vie nouvelle! Alexandre avait tout vendu, y compris l'appartement et l'atelier, à la compagnie parisienne de voitures l'Urbaine, sise 29 rue Dutot, s'il avait pu il aurait bradé les meubles, le piano, et même le hideux *Joseph vendu par ses frères* du soi-disant Flandrin. C'était à cela qu'il avait passé cette journée, à apposer sa signature, ce glorieux paraphe où le prénom Alexandre s'entourait de volutes, sur toutes ces paperasses, qui disaient toutes la même chose : il n'y avait plus rien, il ne restait plus rien, que les yeux de Justine pour pleurer.

Ethel a ironisé malgré elle : la Société de prospection du trésor de Klondike rachetée par une compagnie de taxis, il doit y avoir une morale à cette histoire ! Alexandre n'a pas écouté leurs cris, leurs protestations. Un instant, il avait retrouvé sa superbe. Moustache en bataille, yeux étincelants, il tenait tête.

Puis il est allé s'enfermer dans son cagibi pour fumer. Depuis son attaque, le tabac lui était interdit, mais à présent cela n'avait plus de sens. Il en avait besoin. La fumée lui servait d'écran pour masquer le réel. Le temps qui lui restait à vivre n'avait pas d'importance. Bientôt il faudrait partir, ou mourir, ce n'était pas très différent.

Ethel savait qu'il retournait en arrière, loin, vers l'île de son enfance, vers le domaine merveilleux d'Alma où tout semblait éternel. Ni elle ni Justine n'avaient pu accéder à ce rêve. C'était peut-être cela le secret du trésor de Klondike, un endroit où personne d'autre ne pouvait entrer.

Le Pouldu

Ethel avait l'impression de flotter dans le ciel. C'étaient les nuages qu'elle aimait. Couchée dans le sable des dunes, elle les regardait filer à toute vitesse, légers, libres. Elle rêvait à l'espace qu'ils avaient parcouru, l'étendue des océans, le champ des vagues, avant d'arriver jusqu'à elle. Ils glissaient, pas très haut, en petites boules blanches qui parfois se heurtaient, s'unissaient, se divisaient. Il y en avait de fous, qui couraient plus vite que les autres, s'effilochaient en pelotes cotonneuses, en graines de pissenlit, en plumeaux de roseaux. La terre basculait sous eux dans un mouvement lent qui donnait le vertige. Le roulement des vagues sur la plage était un moteur en marche, en train de pousser le plateau de la mer, de renverser le monde irrésistiblement. Puis est arrivé un grand nuage gris et blanc qui s'est interposé entre elle et le soleil, et Ethel voyait une baleine, énorme tête et toute petite queue loin au bout de son corps. Le sable de la dune entourait Ethel, l'enserrait, l'enfermait doucement. Chaque rafale de vent fouettait son visage, ses jambes, ses bras en millions de petites piqûres. Elle avait l'impression de ne jamais avoir quitté cet endroit, sa place en haut de la dune, dans le sable blanc et sec que la mer ne touche jamais, à la limite où poussent les plantes piquantes, les chardons, où sont semées les graines rouges des tamaris.

L'été de ses douze ans. La première fois qu'elle était tombée amoureuse d'un garçon dont elle avait oublié le nom, il en avait quinze ou seize, elle avait tremblé quand il s'était approché d'elle et l'avait embrassée en forçant ses lèvres avec la pointe de sa langue. Les nuages passaient comme aujourd'hui, elle sentait la chaleur, la brûlure s'ouvrir et se refermer dans le ciel, à l'intérieur de son corps. Quelque chose d'inconnu, d'angoissant.

Elle faisait des projets avec les jeunes gens de la bande, on irait à bicyclette par les chemins de fermes, de hameau en hameau, de ville en ville, on dormirait sur les plages ou, quand il pleuvrait, dans les granges. C'étaient les garçons et les filles des villas alentour, au Pouldu, à Beg-Meil, et elle habitait la pension de Mme Liou avec ses parents. Cet été-là, elle avait parlé avec Laurent Feld pour la première fois, il habitait une villa de location au bord de la mer, avec sa tante et sa sœur. Au début, Ethel l'avait trouvé timide, presque empoté. Il rougissait pour un rien. C'était l'année où Ethel vivait sa grande amitié avec Xénia, et lui était tout le contraire de Xénia, il avait de l'argent, il était sérieux, sans rires et sans larmes.

Puis, peu à peu, au cours des rencontres, l'amour était né. Ce n'était pas un grand amour, avec éclats et fureur, rien de dramatique comme les fiançailles de Xénia avec Daniel Donner — cette sorte de contrat inexpliqué par lequel la fille d'une noble russe, émigrée, réduite à la misère, allait se donner à un gros garçon taciturne et méfiant, qui lui assurerait la sécurité et la respectabilité d'une famille d'industriels et le confort de la bourgeoisie rouennaise. Non, rien à voir avec cela. Laurent Feld était très amoureux d'Ethel, depuis l'été passé il lui écrivait une, parfois deux lettres par semaine, qui portait toujours, calligraphié sur l'enveloppe en papier renforcé, le même libellé :

Mademoiselle Ethel Brun
30, rue du Cotentin, 30
Paris XVe

Et le timbre à l'effigie de George VI, taché du tampon qui disait invariablement : *Charing X Station*.

Elle ouvrait l'enveloppe, elle respirait l'odeur du papier un peu acide, une odeur de sueur. Son regard balayait l'écriture régulière, les phrases trop courtes où Laurent parlait de politique, de littérature, de jazz, mais jamais de ses sentiments. Quelquefois elle ne les lisait pas. Elle se contentait, après avoir flairé le papier, de le plier et de glisser la lettre dans l'enveloppe pour prétendre qu'elle ne l'avait pas ouverte. Elle se félicitait d'aimer moins qu'elle n'était aimée. C'était l'axiome de Xénia qui lui revenait à l'esprit, quand elle disait : « Moi, ce que je veux, c'est rencontrer un homme qui m'aimera plus que je ne l'aimerai. »

Maintenant, Laurent était là. Il avait débarqué du bateau de Newhaven, avec son uniforme tout neuf de l'armée de terre britannique. Son calot, sa capote, son pantalon kaki et ses chaussures noires impeccablement cirées. Ethel avait réprimé un petit sourire moqueur, parce qu'il avait l'air de ce qu'il avait toujours été, non d'un soldat, mais d'un attorney qui se rendait au bureau, à la Cité, encore plus raide, le visage rosi par l'air de la mer, un coup de soleil sur le nez, les cheveux coupés très court, sa petite valise de cuir noir à la main, son parapluie roulé sous le bras.

Il avait pris une chambre dans la même pension et, sur les vélos loués au garage Conan, ils s'étaient promenés par les petits chemins creux jusqu'à la plage, à travers les collines, ils avaient mangé à la ferme du gros pain bis et du lard, des crêpes dans les bistros, ils s'étaient baignés dans la marée montante et ils s'étaient rincés à l'eau gelée de la Laïta. Ils sentaient le varech, la vase, ils avaient du sable gris dans leurs sandales et jusque dans leurs sous-vêtements, les cheveux collés par le sel. Laurent pelait du nez, des épaules, des jambes, du dessus des pieds, quand ils s'allongeaient sur la plage Ethel s'amusait à tirer des lambeaux de peau morte qu'elle jetait au vent. Le soir ils rentraient à la pension fourbus, ébouriffés, Laurent par politesse s'asseyait à la table des Brun pour écouter les discours d'Alexandre, tandis qu'Ethel allait droit à sa petite chambre sous le toit et se jetait sur le lit sans même se déshabiller, s'endormait d'un coup sans entendre le vent qui sifflait dans les ardoises.

En elle, il y avait une sorte de fureur. Cela venait comme un frisson de fièvre, à la fois exaltant et dégoûtant, irrépressible, incompréhensible. Évidemment, elle ne pouvait en parler à personne. Xénia, peut-être, si elle avait été là. Mais Xénia se serait moquée d'elle : tu as eu une vie trop facile, trop d'argent, trop de tout. C'est pourquoi tu ne sais pas ce que tu veux. Le monde est à prendre, ou à perdre, ça ne dépend que de toi-même. Etc.

Ou bien elle n'aurait rien dit du tout. Xénia était d'un égoïsme féroce, ce qui lui était étranger n'existait pas, tout simplement.

Est-ce que le monde était vraiment malade ? Ce frisson, cette nausée, cela venait de très loin, de très longtemps.

Maintenant dans l'été des dunes, au Pouldu, en attendant l'heure du rendez-vous avec son amoureux, Ethel pouvait compter toutes les racines, radicelles, veinules, tous les capillaires de ce mal, comme un tissu qui avait recouvert toute sa vie. Cela n'avait rien d'imaginaire. C'étaient toutes les petites trahisons, le silence quotidien qui s'était installé dans les cœurs, le vide. Les mots parfois trop forts, la violence des sentiments, quand la voix de Justine montait dans la nuit, se brisait dans un sanglot qui ressemblait à un grelot, et la voix d'Alexandre qui lui répondait, un borborygme grave qui enflait, qui grondait. Puis le bruit de la porte qui claquait, le bruit des chaussures qui s'éloignaient dans le couloir, encore une porte qui claquait, le bruit des pas dans la rue, qui disparaissaient dans la nuit. Ethel qui attendait, qui espérait le retour, qui s'endormait avant d'avoir perçu les pas discrets dans le couloir, la respiration alourdie par le sommeil, par la fumée des cigarettes.

Toutes les conversations du salon, insignifiantes, rodomontantes, toutes ces voix, le chantonnement des Mauriciennes, une odeur de sucre vanillé, de cannelle, sur les restes du cari safrané et des chatinis acidulés. Le vide, arrogant, injuste, cette façon que les gens de sa famille avaient de nier le réel, de lancer les noms d'une parentèle à jamais disparue, qui probablement n'avait jamais vraiment existé. Ces noms farfelus, inventés, pailletés, de la petite noblesse de Maurice, auxquels elle était plus ou moins rattachée par l'histoire de la famille Brun (au moins, celle-là n'avait pas cru bon y rattacher une particule). Des noms d'opérette, des noms de juments et d'étalons croisés dans les haras.

Les Archambault, Besnières, de Gersilly, de Grammont, de Grandpré, d'Espars, les Robin de Thouars, les de Surville, de Stère, de Saint-Dalfour, de Saint-Nolff, les Pichon de Vanves, les Cléry du Jars, Pontalenvert, les Seltz de Sterling, Craon de la Mothe, d'Edwards de Jonville, Créach du Rezé, de Soulte, de Sinch, d'Armor.

Déjà, l'an passé, en septembre, le 23 et le 24, les nouvelles de l'exode de la frontière nord, tous ces gens lancés sur les routes, avec leurs voitures à cheval et leurs charrettes à bras. La tempête qui avait soufflé sur eux, qui avait couché les arbres sur les routes. Le froid de l'hiver précoce, la chute des finances, les banques qui demandaient le remboursement immédiat des dettes, puis mettaient la clef sous la porte, et leurs patrons couraient s'abriter en Suisse, en Angleterre, en Argentine.

La voix qui crachotait dans le poste de TSF, la voix rauque, puissante, qui enflait, qui montait. Ses phrases lancées dans l'espace, et la rumeur environnante qui reprenait en chœur, un crissement de mer sur les galets de la plage, un fracas sur les dents des brisants. Les clameurs d'une foule, là-bas, quelque part, à Munich, à Vienne, à Berlin. Ou bien dans l'amphithéâtre du Vél'd'Hiv, les fidèles de La Rocque, de Maurras, de Daudet, ceux qui acclamaient la Ligue, qui conspuaient les communistes. Et les voix des femmes, des folles, dans le salon de la rue du Cotentin, qui s'enthousiasmaient : « Quelle force, quel génie, quel pouvoir, mes chéries, quelle volonté émouvante, même si on ne comprend pas il nous électrise, c'est lui qui nous sauvera de nos vieux démons, qui nous protégera de Lénine, cet Asiate aux yeux fourbes, c'est lui qui vaincra Staline, qui nous préservera des barbares. »

Ethel enfonçait son corps dans le sable chaud, elle regardait le bois de pins avancer sous les nuages. Un après-midi, au crépuscule, comme les chauves-souris commençaient leur ronde au ras des dunes à la chasse aux moucherons, dans l'air calme, avec la marée étale qui clapotait à l'estran, Ethel et Laurent se sont baignés longuement, sans nager, juste à se laisser porter par la vague molle. Il y avait un silence intense sur la plage, personne à des kilomètres. Sur le tapis âcre des aiguilles, ils ont fait l'amour sans ôter leurs maillots trempés, un simulacre plutôt, le sexe de Laurent tendu sous l'étoffe noire appuyé sur le sexe d'Ethel creusé dans son maillot blanc, c'était une danse longue et lente d'abord, puis plus rapide, leurs peaux frissonnant dans la fraîcheur de l'air, où perlaient de petites gouttes de sueur salée comme l'eau de la mer, Ethel le visage renversé en arrière, les yeux fermés sur le ciel, Laurent arc-bouté, les yeux grands ouverts, le visage un peu grimaçant, les muscles de son dos et de ses bras tendus. Ils écoutaient le bruit saccadé de leurs cœurs, le halètement de leurs poumons. Ethel a joui en premier, puis Laurent, qui s'est aussitôt déporté sur le côté, la main appuyée sur son maillot où s'agrandissait une étoile chaude.

Laurent restait silencieux à reprendre son souffle, il allait s'excuser, toujours aussi gauche, presque honteux, mais Ethel ne lui en laissait pas le temps. Elle roulait sur lui et l'écrasait de tout son poids, le sable crissait entre ses dents, les mèches de ses cheveux cachaient entièrement son visage comme des algues noires. Elle l'embrassait pour le faire taire. Il ne fallait rien dire, surtout ne prononcer aucune parole, pas un mot, surtout ne pas dire : je t'aime, ou quoi que ce soit de ce genre.

Le soir ils revenaient à la pension Liou, à grands coups de pédale sur le sentier sableux, rouges, décoiffés, giflés par le vent. Ils dînaient tôt, sans écouter le brouhaha des tablées, sans entendre la voix d'Alexandre en train de pérorer devant son habituel public. Seule Justine les regardait du coin de l'œil, d'un regard long, un peu triste, qui voulait dire qu'elle savait. Ils allaient se coucher, chacun dans son lit étroit, dans les draps frais, avec du sable brûlant incrusté dans le dos et les plis de l'aine, une petite motte de sable durci dans le trou de leur nombril.

Laurent était parti pour l'Angleterre. Sur le quai, à la gare du Nord, il était debout, sa petite valise à la main, le col de sa vareuse entrouvert à cause de la chaleur, le calot roulé dans l'épaulette, encore tout doré par le soleil et la mer. Ethel avait appuyé sa joue sur la poitrine du jeune homme, mais le vacarme des quais l'empêchait d'entendre les battements de son cœur.

Tout de suite, il avait fallu plonger dans la réalité. C'était comme si tout s'accélérait, un film dont on aurait tourné la manivelle avec furie, des scènes qui sautaient, des saccades comiques, des gens qui couraient, des yeux qui roulaient, des grimaces. La vente à l'encan avait débuté au retour de Bretagne. Dans le salon, comme après un deuil. Les meubles rassemblés, les bâches, le piano Érard le couvercle relevé pour que les marchands puissent essayer chaque touche, comme s'ils y connaissaient quelque chose. À un moment, enragée, Ethel s'est assise sur le tabouret, le dos bien droit, elle a pris son souffle. Elle s'est mise à jouer, un peu raidie d'abord, puis elle a senti la chaleur qui entrait en elle, doucement, elle jouait un *Nocturne* de Chopin, le glissement des notes sortait par les portes-fenêtres ouvertes et emplissait le jardin déjà jauni par l'automne, elle croyait qu'elle n'avait jamais joué aussi bien, jamais ressenti une telle puissance. Dans le vent les feuilles des marronniers tourbillonnaient, chaque passage du *Nocturne* se mêlait à la chute des feuilles, chaque note, chaque feuille... C'était son adieu à la musique, à la jeunesse, à l'amour, son adieu à Laurent, à Xénia, à Monsieur Soliman, à la Maison mauve, à tout ce qu'elle avait connu. Bientôt il ne resterait plus rien. Quand elle a fini de jouer, Ethel a claqué le couvercle comme on fermerait une boîte à trésors, et le vieux piano a rendu un drôle de son grave et mêlé, toutes ses cordes vibrant en même temps. Une plainte, ou plutôt un ricanement douloureux, a pensé Ethel. Justine était debout près d'elle, les yeux rougis de larmes. Bien le moment de pleurer, a murmuré Ethel. Mais les mots ne sont pas vraiment sortis de sa gorge. Bien le moment de pleurer, oui, mais c'est hier que vous auriez dû verser vos larmes, quand vous pouviez encore faire quelque chose.

L'instant musical passé, les affaires ont repris selon l'usage. Les brocanteurs, les antiquaires, les chiffonniers, les déménageurs. Les tantes venaient, elles aussi, en catimini, petites souris, elles chipaient un truc par-ci, un truc par-là, une paire de vases chinois, un plat à fruits en baccarat, une assiette à ramages de la Compagnie des Indes, une pendulette grand carillon, un presse-papiers lévrier de bronze qu'Ethel avait toujours vu sur l'écritoire de Monsieur Soliman. N'importe quoi, que Justine et Alexandre laissaient partir, abasourdis. « Un souvenir du bon temps », disaient les tantes, pour s'excuser. Ethel les observait sans indulgence. Après tout, M. Juge, l'huissier de justice qui avait procédé au premier inventaire, n'avait-il pas empoché la collection de petites cuillers en vermeil, sans sourciller, disant d'une voix doucereuse : « Ne vous en faites pas, mademoiselle, je ferai un inventaire tout à fait en votre faveur. »

La seule chose pour laquelle Justine s'était révoltée, ç'avait été pour *Joseph vendu par ses frères*, ce grand tableau hideux attribué à Hippolyte Flandrin, parce qu'il lui était venu de sa grand-mère maternelle, et qu'il avait été omis dans l'inventaire. Au moment du décrochez-moi-ça, elle s'était portée devant le tableau, les bras en croix, avec une telle détermination dans le regard que les déménageurs n'avaient pas osé approcher. Le tableau était allé rejoindre dans le corridor le tas hétéroclite de tout ce qui restait invendu, et insaisissable. Évidemment, personne, et surtout pas Justine, ne pouvait se douter alors que le wagon plombé dans lequel ces objets seraient entreposés serait bombardé lors d'une des dernières attaques des stukas contre un pont de la voie ferrée, et que Joseph serait pillé, volé, disparaîtrait pour toujours! Vendu, comme il se devait, par ses frères, ces braves gens qui s'empressaient de vider le contenu des wagons éventrés par les bombes.

III

LE SILENCE

Le silence sur Paris au mois de juin. Après l'effervescence, les rumeurs, et puis ces quelques bombes qui étaient tombées au hasard sur la capitale, et les sirènes de la défense passive, les cavalcades des familles dans les caves, le retour à la surface des enfants charbonnés aux boulets de coke, les galopades dans les couloirs du métro — le bruit des bouches surtout, ces commentaires, racontars, pronostics, les fracas de la presse, après Mers el-Kébir, Baudouin, soi-disant ministre des Affaires étrangères, qui avait proclamé : « L'Angleterre a tranché le dernier lien qui nous attachait à elle. » Et les conversations, Bloch, Pomaret en prison à Pellevoisin, en compagnie de Blum, d'Auriol, de Mandel, de Daladier, de Jean Zay — « le ministère des Loisirs ! » avait commenté la générale Lemercier, citant *Gringoire*.

Le silence sur Paris, et une pluie douce et molle qui cascadait dans le jardin abandonné. Depuis le 12 juin, Alexandre était resté sans parler. Il n'écoutait même plus la radio, cette voix qui chuintait des mensonges, nos troupes victorieuses contiennent l'ennemi sur le front de la Meuse, elles ne passeront jamais la Marne, quand les Allemands campaient devant Paris, que leurs chars et leurs autos blindées ébranlaient la chaussée, boulevard du Montparnasse, boulevard Saint-Germain, sur les Champs-Élysées !

L'appartement ressemblait à une zone dévastée. Les marques des tableaux sur les murs, les traces des pieds du piano, des armoires à linge, des commodes néogothiques, du bureau d'Alexandre. Un peu partout, des rouleaux de papier, du fil électrique, des lustres de verroterie dont personne n'avait voulu, débordant des cartons poussiéreux, avec les habits et les chaussures, la vaisselle, les ustensiles de cuisine. On attendait on ne savait quoi. Le retour à la normale, sans doute. Puisque la crise était passée, puis qu'il n'y avait rien eu. Même pas une vraie guerre. Puisque tout était fini avant d'avoir commencé. Les nouvelles confusantes, la voix du Führer, cette voix qui résonnait entre les murs vides, qui s'amplifiait, qui paraissait venir du ciel d'été, qui roulait à la manière de l'orage.

Les déjeuners du dimanche n'avaient plus lieu. Les habitués avaient déserté, les uns après les autres, sans donner d'explication. Ils ne savaient plus où s'asseoir. Il ne restait que la vieille bergère de Justine, vermoulue, fanée, réparée à la colle à bois et au fil de fer, dont aucun brocanteur n'avait voulu.

Parmi les derniers, Claudius Talon était venu. Il arborait le petit insigne en métal chromé émaillé tricolore de la L.V.F. Il pérorait. L'A.F. demandait qu'il soit interdit aux Juifs de tenir des cinémas ! Il lisait solennellement la déclaration du capitaine Casabianca : « Le peuple allemand s'enthousiasme à l'idée que cette France, hier son ennemie, pourrait devenir aujourd'hui son associée. » Ethel ressentait une nausée, elle avait beau marcher dans les rues désertes, la voix nasillarde de Talon résonnait, avec ses sarcasmes : « Goldenberg, Weiskopf, Lévy, Cot, la femme Tabouis, Géraud, "Ici Londres, les Français parlent aux Français"! » Et sur les murs de la mairie du XVᵉ, placardés les décrets publiés par le *Journal officiel* :

« *Article premier, est regardé comme Juif toute personne issue de trois grands-parents de race juive ou de deux grands-parents si le conjoint est juif. Article deux : l'accès et l'exercice des fonctions publiques et mandats sont interdits aux Juifs, comme suit : 1°) chef d'État, membre du gouvernement, du Conseil d'État, du Conseil de la Légion d'honneur, de la Cour de cassation, des corps des mines, des ponts et chaussées, des tribunaux de première instance, des juges de paix ; 2°) agents des Affaires étrangères, préfets, sous-préfets, fonctionnaires de police nationale ; 3°) résidents généraux, gouverneurs et administrateurs des colonies ; 4°) corps enseignant dans son ensemble ; 5°) officiers de l'armée de terre, de l'air et de la marine ; 6°) agents de l'administration et des entreprises publiques. Les Juifs ne pourront en outre exercer les professions suivantes : rédacteurs ou administrateurs de journaux, de revues (sauf scientifiques), producteurs de films, metteurs en scène, scénaristes. Gérants de salles de cinéma ou de théâtre. Le décret est applicable sur l'ensemble du territoire, ainsi qu'en Algérie et dans les autres colonies.*

Signé : Pétain, Laval, Alibert, Darlan, d'Huntziger, Belin. »

Puis, un autre jour :

« *Loi du 2 juin prescrivant le recensement des Juifs.*

Toute personne définie comme juive doit se présenter dans un délai d'un mois au préfet du département et déclarer par lettre sa profession, son état civil et faire la liste de tous ses biens. Tout contrevenant sera puni de prison. La loi sera appliquée en France, en Algérie, dans les Colonies ainsi qu'en Syrie et au Liban. »

Encore :

« Loi du 17 juin :
Il est interdit à toute personne de race juive d'exercer les pro-
fessions suivantes : banquier, agent d'assurances, publiciste,
prêteur de capitaux, courtier en Bourse, commerçant en grains,
vendeur de tableaux, antiquaire, exploitant forestier, propriétaire
de maison de jeux, journaliste d'information de la presse écrite
ou de la radio, éditeur.
Signé : Pétain, Darlan, Bathélemy (ministre de la Justice),
Lehideux (secrétaire d'État à la Production industrielle), Jérôme
Carcopino (secrétaire d'État à l'Éducation nationale). »

Dans *Gringoire,* les noms :

« Herschell Grynszpan, l'assassin de von Rath. Loeb et Blum
coupables d'avoir causé l'Anschluss, d'avoir ouvert les frontières
aux réfugiés espagnols, d'avoir livré des avions à l'Espagne
rouge. »

Les noms révélés par Henri Béraud : Jean Zay, alias
Isaïe Ézéchiel, Léon Blum, alias Karfunkelstein. Les
noms des chefs d'entreprise juifs sur la place publique,
affichés dans le *J.O.,* par ordre alphabétique, une liste
honteuse, sans fin :

Aksebrad
Achtenkiem
Abramowski
Astrowicz

Berger Gidel
Blumkind
Braun
Cahen
Chapochnik
Corn
David
Fain
Fatermann
Finkielstein
Foncks
Fridman
Galazka

qu'Ethel lisait dans le vent, et instinctivement elle avait
cherché le nom de Laurent Feld, comme si cette liste
d'ignominie pouvait l'avoir trouvé, là où il était, de l'autre
côté de la Manche, avoir révélé sa cachette, son secret
dans le cœur d'Ethel, dénoncé par la voix rocailleuse de
Talon, ou bien mis en évidence par l'ironic de la générale
Lemercier, sa façon de secouer la tête en faisant ttt ttt!
du bout de la langue, quand elle était revenue enthou-
siasmée par la grande réunion de la L.V.F. au Vél'd'Hiv, et
qu'avec vingt mille Parisiens elle avait annoncé son soutien indéfectible aux troupes allemandes, finlandaises et
roumaines dans le grand combat contre le bolchevisme
universel! Alexandre avait baissé la tête, mais Justine,
elle, s'était indignée et l'avait reconduite à la porte du
salon dévasté, comme si elle avait encore quelque chose
à sauver, l'honneur, la mémoire, Dieu sait quoi!
    Tout cela était pathétique, vaguement ridicule, certai-

nement venimeux. Ethel avait pensé alors que c'était trop tard, qu'elle ne pourrait pas quitter sa famille, comme elle aurait voulu le faire, pour s'embarquer à l'aventure vers l'autre bout du monde, vers le Canada — le rêve de Maria Chapdelaine, d'un pays froid et pur, où la neige étincelait sous le ciel, où les forêts sont sans fin, où Laurent la rejoindrait pour une vie nouvelle. Ils en avaient parlé, sur la plage, pour quand la guerre serait finie. Ils avaient commencé des projets, lui dans un cabinet international, elle à enseigner la poésie dans un lycée privé.

Mais trop tard maintenant, sur le bord de ce radeau de naufragés que le vent de la réalité allait emporter. Au milieu des décombres, les valises déjà bouclées, les cartons ficelés, une débâcle d'objets flottants au courant incohérent des événements, dans le chaos des fausses nouvelles, des communiqués mensongers, des articles de propagande, de la haine des étrangers, de la méfiance des espions, des ragots d'épicier, de la faim et du vide, du manque d'amour et d'orgueil.

1942

Le chargement a eu lieu à la gare d'Austerlitz barricadée, bardée de filets antiavions, de barbelés, de sacs de
sable, dans le froid de mars. Alexandre n'était pas venu.
Il était resté assis dans l'unique bergère, accablé, silencieux. Depuis l'effondrement, il avait renoncé à toutes
ces petites choses qui l'avaient fait vivre depuis des lustres,
les déjeuners en célibataire dans les bistros de rapins à
Montparnasse, les cafés avec les Mauriciens rue de Vaugirard, les balades aux Champ-Élysées (« Pour assister à
la relève des boches, merci bien, avec tous ces salopiaus à
la parade », avait commenté Justine). Il avait annulé son
abonnement à *Gringoire*, faute d'argent, et aussi à cause
de l'article de Maxence sur *Bagatelles pour un massacre*, à
Je suis partout à cause de la bave de Marcel Jouhandeau
sur René Schwob — la petite phrase : « Je refuse que la
Vierge Marie soit une petite Juive de la rue des Rosiers. »
Il n'écoutait plus les nouvelles à la radio. Il restait à fumer
tous les tickets de tabac que Justine réussissait à recueillir.
Il toussait comme par habitude. Peut-être qu'il ne pensait à rien.

Ethel regardait son profil, le nez aquilin, le front
haut, la petite barbe taillée avec soin, les longs cheveux
noirs renvoyés en arrière, si anormalement drus pour
un homme de son âge, elle l'imaginait à vingt-cinq ans,

quand il avait quitté Maurice pour la première fois, audacieux, désargenté, séduisant, pour commencer une vie neuve en France. Tout ce qui le séparait de cette gloire, de cette jeunesse, tout ce qui avait glissé, s'était enfui, année après année, jusqu'à cette pièce vide d'où il serait bientôt expulsé.

Justine avait pris les choses en main. À la gare, elle s'affairait, multipliait les recommandations, les pourboires aux portefaix. Par ici, pour la glace, au fond, entre les deux commodes, et les cartons de vaisselle, l'armoire démontée, les coffres, les malles en osier qui contenaient les piles de draps de lin jaunis par l'âge, les vêtements, et cette sorte de huche dans laquelle elle avait entassé tous les jouets d'Ethel, poupées au visage de porcelaine, dînettes, Nain jaune, boîtes de loto, de dominos, de diabolos, gyroscope, puces sauteuses, lanterne magique, Ludo, pêche à la grenouille, minicroquet, et même le passe-boules qui faisait si peur à Ethel quand elle était petite, une sorte d'ogre de papier mâché qui ouvrait très grand sa gueule pour avaler des manchons de chiffons, et qu'il avait fallu cacher dans la cave. « À quoi tout ça va nous servir à Nice ? » avait demandé, pour la forme, Ethel au moment d'embarquer ce fatras. « Et mes petits-enfants, avec quoi joueront-ils ? » La réponse de Justine avait mis Ethel en rogne. « Des petits-enfants ? Tu veux dire *mes* enfants ? »

C'était bien le moment d'en parler, sur ce quai bondé de gens apeurés, affairés, qui ne s'occupaient que de sauver leurs meubles et leurs hardes, comme si qui que ce soit au monde pouvait en vouloir, l'ennemi, peut-être le Russe sanguinaire qui allait rompre les digues et envahir l'Europe, c'était ce que racontait cette demi-démente

144

de générale Lemercier quand elle venait encore rue du Cotentin.

La De Dion-Bouton, sortie du garage où elle avait dormi ces dernières années faute d'argent pour acheter de l'essence, avait l'allure d'un animal antédiluvien, haut sur ses pattes maigres, avec sa carrosserie jaune et noir mouchetée de rouille. Justine avait fabriqué, pour le grand départ, un rideau de caoutchouc doublé de velours (le rideau rouge de l'entrée avait fourni le tissu et les plombs) pour protéger les jambes du vent et de la pluie. Un ferronnier avait complété l'œuvre en soudant des arceaux par-dessus la capote crevée, auxquels s'attachait une plate-forme en bois qui ressemblait à un toit de gondole. Tout ce qui n'avait pas été embarqué à bord du wagon de marchandises allait trouver sa place là-dessus, matelas, tapis roulés, tentures et, tout à l'arrière, empilés les uns dans les autres, les vieux fauteuils de jardin en rotin à l'intérieur desquels Justine avait trouvé le moyen d'entasser du linge de maison, des draps, des serviettes, du savon, et même des sacs de pommes de terre cachés dans des chiffons comme au temps de l'octroi. C'était pitoyable, comique, en même temps vaguement honteux, avait pensé Ethel. Son permis tout neuf (Alexandre avait échoué à chaque tentative à l'épreuve de conduite, bien qu'il conduisît depuis les débuts de l'automobile) faisait d'elle le pilote de ce char à bancs.

En compagnie de Justine, elle était allée à la mairie du XVe chercher le sésame qui leur permettrait d'échapper au piège de Paris. L'officier allemand, élégant, impeccable et courtois, et son interprète, un jeune homme chafouin, vêtu d'une veste de cuir noir, l'air d'un petit voyou, qui avait tout au long de l'entretien zyeuté Ethel comme s'il cherchait à voir sa silhouette et ses jambes sous son manteau marron.

Certificat de rapatriement par la route :

*Heimschaffungs-Bestätigung
der Flüchtlinge durch Strassenverkehr*

à faire tamponner à la mairie de Lussac-les-Châteaux.

Dans une enveloppe non scellée, les bons d'allocation d'essence, par cinquante litres, à faire contrôler à la mairie de Lussac et, quatre jours plus tard, à la mairie de Castelnau-le-Lez.

Bien sûr, il avait fallu mentir. Quand le jeune homme examinait avec une attention d'illettré la carte d'identité d'Alexandre, et qu'il avait épelé : né au district de Moka, île Maurice, il avait eu un commentaire désobligeant sur ces étrangers qui encombraient les routes... Ethel avait coupé : « Il s'agit d'un vieillard grabataire, monsieur, le climat du Midi est sa seule chance de rester en vie. » Justine n'avait même pas tourné la tête. « Un vieillard grabataire », c'était ce que son mari était devenu.

Vers le sud, ç'aurait pu être les vacances. Pâques au bord de la Méditerranée dans les bois de mimosas et de citronniers, au creux d'une calanque du côté de Toulon, à la baie d'Alon, ou bien sur la plage à Hyères, au Lavandou. Ils en avaient parlé souvent, avec Laurent, un voyage parfumé, amoureux, mais surtout rien qui pût ressembler à une lune de miel trop sucrée.

Maintenant, les routes étaient droites, vides, elles traversaient des pays admirables, les champs de blé en herbe, les pâtures, les pentes de fougères. Le ciel léger, semé de petits nuages tendres, un bleu délavé vers l'horizon. Ethel chantait en conduisant, n'importe quoi. *La Traviata, Lucie de Lammermoor, La Clémence de Titus.* « Le roi barbu qui s'avance, bu qui s'avance. » Puis, quand elle était à bout de répertoire, *Minuit Chrétiens, Jingle Bells,* et même *O Tannenbaum* puisque désormais l'on vivait en Bochitude et qu'il fallait bien s'entraîner à en parler la langue ! C'était son truc pour ne pas penser au bruit cafouilleux du moteur qui menaçait de s'étouffer à chaque instant, ou aux ronflements comateux d'Alexandre affalé sur les paquets à l'arrière. Justine avait repris confiance. Elle se joignait à Ethel pour chanter. Peut-être que la formule d'Alexandre, désormais célèbre, avait trouvé place dans son esprit : une vie nouvelle commence !

Est-ce qu'elle voyait les restes de la guerre, le long de la route, ces pans de mur à demi effondrés sur lesquels on pouvait lire un nom, un slogan, les trous noirs dans les champs, les épaves de voitures calcinées, une carriole sans roues, un squelette de cheval à demi dressé contre une barrière, couleur de suie rouge, ses dents ricanant aux moineaux et aux choucas ? Peu de chose en vérité par rapport aux ruines de Dunkerque, de Verdun, de Châlons, aux ponts effondrés à Orléans, à Poitiers. Mais ici, le long de cette route sans fin, ce n'étaient pas des photos, des images tremblantes sur les films du Pathé-Journal. Aucune voix pour mentir, pour érailler le réel. Ce qui était étrange, angoissant même, c'était plutôt ce calme excessif, ces champs si beaux, ce ciel si bleu, une paix exsangue, ou, plus réalistement, le vide vertigineux de la défaite.

À Lussac-les-Châteaux, tout d'un coup la réalité. La queue des autos, camions, autocars, chars à bancs, charrettes à bras, pour tenter de passer le goulet barbelé. Les injonctions d'un caporal et de deux gendarmes, les badauds, les veuves éplorées, les enfants enrhumés, tout le jour à attendre, avancer mètre par mètre, pousser la De Dion pour ne pas dépenser le précieux carburant. À l'entrée du village, le relais, le café du commerce, une place comme une autre, un carrefour, une église à campanile comme si on était au Brésil. Alexandre s'était ranimé. « Je ne sais qui, on m'a parlé autrefois de la collection de sarcophages mérovingiens, des squelettes de femmes, il paraît qu'elles étaient des géantes ! » Ethel a persiflé : « On pourrait visiter, peut-être ? » Il était vraiment incorrigible. Du genre à faire le baisemain dans un cloaque, à avoir un bon mot au milieu d'un désastre. Elle pensait à ces grands Mounes de Maurice, si élégants, si distingués, si prompts jadis à faire couper le jarret de leurs esclaves révoltés ou à répandre leur semence dans le ventre des filles de couleur.

Mais aujourd'hui, ça n'avait plus d'importance. On allait vers le sud, peut-être qu'on ne reviendrait jamais. Ethel avait un goût d'amertume. Cette route raide, droite, vide, au milieu des champs, chaque borne kilométrique arrachait quelque chose, déterrait, démolissait, pétrifiait. Ethel réalisait qu'elle avait vingt ans, et qu'elle n'avait jamais été jeune. Xénia le lui avait dit, un jour : « Tu as l'air d'une éternelle vieille fille ! » Et tout aussitôt, à son habitude, elle l'avait frappée de ses petits poings durs : « Allez, ne pleure pas ! C'est mon cadeau d'anniversaire ! »

Avancer tout droit sur cette route, dans le phaéton Belle Époque qui arborait ses splendeurs passées comme une grande cocotte ses bijoux surannés et ses fourrures mitées. Justine digne et droite, chapeautée, gantée, pour mieux en remontrer aux boches. Alexandre, son teint bistre de vieux colonial, quelque chose d'indien dans les mèches blanches qui parsemaient sa tignasse noire. Le barda plus qu'invraisemblable dans l'habitacle de la De Dion, surtout la collection de cannes-épées provenant de Maurice, dont Alexandre avait refusé de se défaire et qui brinquebalait au plafond, attachée par un lacis de ficelles et de nœuds marins. Avait-il réussi à emporter à l'insu de sa femme le modèle au tiers de la grande hélice en bois tournée par un ébéniste selon ses plans, qui devait définitivement révolutionner la propulsion du plus-léger-que-l'air ? À moins que Justine, au dernier instant, n'ait réussi à bazarder l'engin (« Si on nous arrête, avec l'espionnite qui court en ce moment, notre compte est bon ! ») ?

Panne sur panne, après Béziers. L'essence était frelatée, Ethel devait démonter le carburateur, souffler dans le gicleur, puis tourner la manivelle en prenant garde au retour à vous casser le bras, ou bien s'arrêter près d'un abreuvoir croupi, défaire le bouchon du radiateur avec un chiffon et, tout le long du chemin, guetter chaque grincement, chuintement, sifflement du joint de culasse, chaque coup de marteau des bielles, coups de l'horloge de la mort pour la De Dion, et pour ses passagers sans doute, dans ce no man's land, ce désert fleuri, cette campagne mortifère, cadavérique, ces petits bois de pins au bord de la lande, où se cachaient les voleurs et les assassins.

Dans les auberges, les petits hôtels pour voyageurs de commerce, de ceux dont autrefois Justine aurait ri — les palaces pour les congés-payés! —, c'était chaque soir les mêmes rumeurs : « N'allez pas par ici, n'allez pas par là, évitez le pont de la Vienne, il paraît qu'il est miné, ne parlez pas avec les bonnes sœurs sur la route, on a arrêté un curé et sa bonne, c'était la cinquième colonne. Mademoiselle, ne demandez jamais votre chemin, vous vous retrouveriez dans un sentier de traverse, et hop! assassinés, pire encore, vous seriez jetés dans un puits, les boches se vengent de ce que les Marocains ont fait en Allemagne, même une famille avec des enfants, ça peut être un piège! »

Leur viatique, c'était ce papier plié en quatre, copié au crayon bleu, qui disait :

Bescheinigung

Die Frau Brun, Ethel Marie,
Aus… Paris ist berechtigt, mit irhem Kraftfahrzeug
n° 1451 DU 2
Nach… Nizza zu fahren.
Es fahren mit ihr Familiaren
Paris, XII, 1942
Der Standortkommandant

Signé : *Oberleutnant Ernst Broll*

Et frappé du sceau, un aigle aux ailes éployées, tête tournée vers la gauche, tenant dans ses serres une couronne et une croix gammée.

Un homme élégant, sobre dans un uniforme noir, sans casquette, elle avait trouvé qu'il ressemblait au prof de philo au lycée de la rue Marguerin. Même regard myope, un peu embué, même sourire mince qui creusait une fossette sur sa joue. Il avait rempli l'*Ausweis* avec soin, puis, de sa jolie écriture penchée, il avait ajouté, en bas à gauche, peut-être pour alléger le dessin du féroce rapace qui brandissait le signe le plus haï du monde, cette croix potencée qui ressemblait à un axe garni de faux, un mot suivi d'un point d'exclamation :

Flüchtlinge!

Et, naïvement, Ethel avait imaginé qu'il leur souhaitait bonne chance. Longtemps plus tard, cherchant dans un dictionnaire, elle comprendra que ce brave homme, ce fonctionnaire zélé, avait simplement résumé d'un mot ce qu'étaient ces gens, cette famille de bohémiens empilée dans leur auto déglinguée au milieu de leur fatras :

Réfugiés!

La faim,

une sensation étrange, durable, invariable, presque familière pourtant. Comme un hiver qui ne finirait pas.

Du gris, du terne. Nice, autrefois, quand les tantes mauriciennes en parlaient, c'était un lieu de délices, la mer très bleue, les palmes, le soleil, Carnaval au plâtre, les batailles de fleurs et de citrons, les soirées lisses sous un ciel de velours, et cette courbe illuminée qu'elles admiraient depuis la jetée-promenade, Pauline disait : « Ma rivière de diamants. »

À l'arrivée, Ethel avait eu cette palpitation du cœur quand on commence une nouvelle aventure. Le mistral avait lavé l'horizon, les hautes cimes étaient enneigées et, sur la plage de galets blancs, les baigneuses faisaient de la gymnastique suédoise, des enfants blonds et dorés se baignaient tout nus.

Et puis il y avait les Italiens ! Ils étaient très jeunes, très mignons, ils n'avaient pas l'air sérieux dans leurs uniformes verts avec leurs chapeaux à plume de coq. Ils regardaient les filles ! Ils parlaient français en roulant les r, ils jouaient de la musique dans les orphéons, ils peignaient à l'aquarelle !

Ethel a passé des journées entières au soleil, dans les criques du quartier du Lazaret. Elle en avait besoin comme d'un étourdissement. Elle nageait longuement, dans une mer froide où circulaient des méduses, puis elle attendait sur la plage que le soleil ait séché chaque goutte salée sur sa peau. Il n'y avait personne. Sauf, de temps en temps, des femmes avec des enfants, quelques vieux. La plupart du temps, personne. L'horizon vide, sans un navire, sans un oiseau.

Une fois, elle a eu peur. Un homme d'une cinquantaine d'années qui s'est approché, qui s'est exhibé. Elle s'est levée et elle est partie sans le regarder. Une autre fois, deux jeunes qui ont voulu lui barrer le passage quand elle remontait les rochers. Alors elle a plongé, elle a nagé le plus loin possible vers le large, puis elle a repris pied sur une digue, du côté des viviers. Plus tard elle est retournée dans la crique chercher ses affaires. Elle n'en a pas parlé à Justine. Elle se disait qu'elle était responsable d'elle-même. C'était sa façon d'être en guerre.

Sa peau était devenue d'un brun très chaud, ses cheveux dorés. Elle aimait passer ses doigts sur la peau de ses tibias, pour sentir le lisse, pour suivre les petites zébrures claires, parcheminées.

L'argent commençait à manquer. Les économies que Justine avait réunies en vendant ce qui avait échappé à l'avidité des huissiers avaient été bien entamées au début de l'hiver. Il fallait du coke pour le poêle, de la sciure, du pétrole lampant pour les coupures de courant. L'appartement était au dernier étage d'un vieil immeuble sans nom qui dominait le port, la vue était admirable mais le froid traversait le zinc du toit, les fenêtres mansardées étaient pourvoyeuses de vents coulis. Du fait du moratoire sur le paiement des loyers (après tout on était toujours en guerre, non ?), les propriétaires ne faisaient plus de réparations, la pluie cascadait dans la cuisine, les W.-C., Justine avait placé ses baquets de fougères aux endroits des gouttières, elle avait entrepris une plantation de salades et de carottes dans les jardinières accrochées aux rambardes des balcons. Alexandre mélangeait les feuilles de carotte séchées au tabac des rations, il prétendait qu'il y trouvait un petit goût sucré de Virginie.

Peu à peu, le quotidien avait pris une place importante. C'était comme d'avoir les yeux toujours fixés au sol, à la recherche de quelque chose, une piécette, une épingle, un mégot. On sentait un goût de moisi, une odeur de fumée dans les rues, dans les cours des immeubles. Ethel remontait la corniche en poussant sa bicyclette chargée de provisions, de légumes, de bois pour le feu. Elle sentait l'haleine des caves, le long des murs, des bouffées sombres qui sortaient des soupiraux. Elle tressaillait comme autrefois quand elle descendait à la cave, rue du Cotentin, en serrant très fort la main de la bonne, pour aller chercher les bouteilles de vin ou remplir un panier d'osier avec des pommes de terre.

Il fallait aller de plus en plus loin, de plus en plus tôt. Au marché, tout coûtait cher. Tout se vendait. Ethel achetait des feuilles de navet, des feuilles de courge, des feuilles de chou. Être mauricienne (d'origine, du moins), du pays des « margozes » (*amargos*, les immangeables), donnait un avantage, puisqu'on savait déjà, avec un reste de safran et de poudre cari, accommoder la nourriture des lapins.

Vers midi, il ne restait plus grand-chose. Entre les étals vides circulaient des ombres, des vieux, des pauvresses qui piquaient les détritus au bout d'un bâton et les enfournaient dans leurs sacs de jute. Des légumes avariés, des fruits talés, des racines verdies, des rognures, des épluchures. Silencieux comme des chiens, courbés en deux, enveloppés dans des fichus, des couvertures, leurs mains noires, aux ongles trop longs, leurs visages aigus, nez crochus, mentons en galoche. La roue du vélo avançait au milieu des décombres, le pédalier battait le mollet d'Ethel, elle n'avait pas besoin d'actionner le timbre rouillé, les ombres s'écartaient sur son passage, s'arrêtaient, la tête tournée, le regard en biais. L'une d'elles, une vieille femme percluse, amaigrie, avait soudain relevé la tête, et Ethel avait eu un choc en croyant reconnaître les yeux cerclés de noir et les joues fardées de rouge de Maude. Son cœur battait trop fort tandis qu'elle s'échappait vers la sortie du marché en poussant son vélo. Puis elle s'était enfuie en pédalant de toutes ses forces à travers le dédale de la vieille ville, poursuivie par le visage de la vieille femme, son nez en bec de vautour, ses iris gris cernés d'un contour au charbon, sa bouche ridée tachée de rouge, l'expression de ce visage surtout, une expression d'avidité et de tristesse. En même temps, elle se répétait, à moitié pour tenter de se convaincre, non, ce n'est pas elle, pas Maude, c'est juste une vieille abandonnée qui meurt doucement de faim.

Elle n'a pas parlé de cette rencontre à Justine. L'ennemie de la famille, celle par qui le scandale était arrivé, celle qui avait été là au moment où Alexandre commençait à être ruiné, comment pouvait-elle être devenue cette mendiante en train de glaner des légumes pourris pour survivre ?

Ethel a réfléchi. D'une certaine façon, c'était justice. Tous, ils étaient châtiés, abandonnés, trahis, comme en retour de leur orgueil passé. Les volages, les « artistes », les affairistes, les margoulins, les prédateurs. Et aussi tous ceux qui avaient professé avec orgueil leur supériorité morale et intellectuelle, les royalistes, les fouriéristes, les racistes, les suprématistes, les mysticistes, les spiritistes, disciples de Swedenborg, de Claude de Saint-Martin, de Martinez de Pasqually, de Gobineau, de Rivarol, les maurrassiens, camelots du roi, mordréliens, pacifistes, munichois, collaborationnistes, anglophobes, celtomanes, oligarchistes, synarchistes, anarchistes, impérialistes, cagoulards et ligueurs. Pendant toutes ces années, ils avaient tenu le haut du pavé, ils s'étaient pavanés à leurs tribunes, ils avaient gardé le crachoir, avec leurs discours anti-juifs, anti-nègres, anti-arabes, leurs rodomontades, leurs airs de justiciers et de matamores. Tous ceux qui, comme Alexandre Brun, tremblaient pour leurs privilèges, attendaient le Grand Soir, la révolution bolcheviste, le complot des anarchistes. Ceux qui se réunissaient au Vél'd'Hiv pour acclamer la libération de Charles Maurras, ceux qui encourageaient la Ligue contre Daladier, qui avaient fait la moue quand La Rocque s'était récusé, qui avaient applaudi Pie XI et Hitler quand ils avaient appelé à l'extermination des communistes. Ceux qui avaient réclamé la mort au procès de Nguyên Ai Quôc quand il demandait le droit de l'Indochine à disposer d'elle-même, ceux qui avaient applaudi à l'exécution publique du professeur Nguyen Thái Hoc qui proclamait l'indépendance de l'Annam, tous ceux qui lisaient Paul Chack, J.-P. Maxence et L.-F. Céline, qui riaient en voyant dans les journaux les dessins de Carb : « Oust ! La France n'est plus une patrie pour les sans-patrie ! » La statue de la Liberté à New York brandissant un chandelier à sept branches, légendée : « Oncle Sem » !

Maintenant, leur monde s'était écroulé, émietté, il avait été réduit à une eau de canal. Maintenant, ils étaient condamnés à errer comme des ombres, à leur tour, sans rien espérer, sans autre nourriture que les épluchures et les racines verdies, comme s'ils mangeaient la terre, le charbon et le fer, dans cet hiver interminable.

Le monde nouveau qu'ils appelaient n'était pas venu. Ils s'étaient crus de la race des seigneurs, descendants des maîtres et des Grands Mounes qui pliaient l'univers selon leurs désirs. La réalité avait à peine dessillé leurs yeux. Ils avaient été rendus à leurs noms de famille imaginaires, descendants de la « deuxième race ». Ils n'avaient pas compris encore tout à fait. Ils n'avaient rien vu venir.

Qu'est-ce qu'ils attendaient encore ? Pour quelques-uns, que l'Anglais détesté depuis la bataille du Grand Port, l'Anglais traître qui avait débarqué au Cap Malheureux et avait traversé les champs de cannes au Mapou en enveloppant les sabots des chevaux avec des chiffons pour mieux surprendre l'arrière-garde des Français au Port Louis, l'Anglais fourbe de Mers el-Kébir qui avait réduit à néant la flotte française sans lui laisser une chance, qui avait refusé de se battre au réduit de Dunkerque, qu'il tombe enfin de son trône et courbe la tête comme eux-mêmes l'avaient courbée, et qu'il connaisse à son tour l'infamie de l'étendard noir et rouge orné de sa sinistre araignée !

Peu à peu, le monde se rétrécissait. Ils avaient voulu régner, pour arriver à leurs fins ils étaient prêts à toutes les ignominies. Maintenant, ils comprenaient que l'occupant ne ferait aucune différence entre eux et les autres, qu'ils seraient coupés et récoltés comme ceux qu'ils avaient dédaignés, tous ces va-nu-pieds et ces sans-noms, ces sans-étoile nés pour les servir.

Quelques-uns avaient réussi à nager, à ce qu'Ethel avait entendu dire par la générale Lemercier que l'amertume rendait encore plus médisante. Le rusé Chemin, entre autres, qui avait mis son étude de notaire au service de l'Allemagne et avait écrit dans ses registres l'inventaire des biens des Juifs spoliés et vendus aux enchères. Il y avait pire : Talon, l'infect Talon, rémora des *nouveaux maîtres*, qui s'était proclamé l'administrateur des entreprises et des immeubles de rapport confisqués aux Juifs, et avait ouvert boulevard des Capucines (au numéro 9), puis rue Montmartre avec les nommés Labro et Champion, un bureau d'administration pour Rubinstein et Weinberg, et à Viroflay une autre antenne pour les biens d'Abraham Low. Ethel pensait à eux avec une rage froide, parce qu'ils n'avaient pas changé, et que les événements dramatiques, l'exode, la ruine, la déportation de leurs contemporains, loin de leur nuire, avaient décuplé leur puissance.

Est-ce qu'elle en voulait aux autres, à ces fantômes humains qui s'étaient jetés dans la gueule du loup, qui n'avaient pas réfléchi, qui avaient gobé tous les mensonges de l'époque, qui avaient cru en leur destinée, comme s'ils étaient vraiment d'une essence supérieure, nés d'une autre race ? Sans doute n'y avait-il même plus le temps pour les haïr.

Nice, cette ville d'opérette, décor des Anglais du temps de lord Brougham & Vaux, des Russes du temps de l'Impératrice et de Marie Bashkirtseff, cette ville indifférente et cruelle, surexposée au soleil et dans le vent aigre des vallées cimenteuses, et ses habitants en ombres noires incrustées dans l'asphalte — un joli piège, se disait Ethel.

Lui revenait à l'esprit certain chapitre des *Aventures de M. Pickwick*, la prison pour dettes où sont détenus tous les faillis, faux nobles et vrais parasites, tournant en rond, s'interpellant depuis les balcons et faisant leurs affaires comme s'ils étaient encore en liberté dans la Cité.

Petit à petit, les rues se fermaient, les lieux de plaisir, les jardins avec leurs fontaines des Amours, maintenant terrains de chasse des chats errants. Le parc Chambrun, la villa Smith, la villa Vigier, le château Nestlé, le château Scoffier, l'Athénée, et tous ces grands hôtels magnifiques et surannés, le Ruhl, le Negresco, le Splendid, le Westminster, le Plaza, et celui qu'Alexandre et Justine avaient fréquenté jadis, au temps du faste, l'Ermitage, desservi par un funiculaire, dont le parc avait sans doute rappelé à Alexandre l'étendue sauvage rythmée de palmes de sa maison natale à Moka (île Maurice).

Les officiers italiens en avaient occupé un étage, jusqu'au jour où — car il existait des catégories même dans la race des seigneurs — ils en avaient été délogés par l'armée allemande. Une fois, marchant dans le centre-ville avec Justine, celle-ci s'est arrêtée pour montrer au bout de la rue, accrochée au flanc de la colline de Cimiez, insolemment éclairée par le soleil d'hiver, la bâtisse blanche : « C'est tout ce qui reste de notre voyage de noces », a-t-elle soupiré. Ethel s'est retenue d'un commentaire sarcastique : « C'est dans ce caravansérail que j'ai été conçue ? »

Les rouleaux de fil de fer barbelé enfermaient les parcs, les collines de mimosas, les plages. Des murs de parpaing bouchaient les accès à la mer. Sur le promontoire où naguère Ethel aimait regarder courir les vagues, avant d'aller plonger entre les rochers, elle a aperçu un jour des soldats en train de cimenter une sorte de plateforme pour un canon tournant sur rails. Les fenêtres du grand séminaire étaient aveuglées, les prêtres en soutane remplacés par des soldats et des convalescents. Un peu partout, les murs avaient poussé, les filets de camouflage avaient recouvert les toits. Les champs d'oliviers avaient été minés. Un panneau écrit en deux langues menaçait les passants d'une tête de mort. À partir de dix-huit heures commençait le couvre-feu. Un soir qu'elle avait tardé, alors qu'elle montait à pied les escaliers de l'immeuble, un coup de feu avait percé un trou dans l'œil-de-bœuf du cinquième et la balle s'était fichée dans le mur. Depuis, chaque fois qu'elle descendait les escaliers, Ethel ne pouvait pas se retenir de mettre son doigt dans le trou pour essayer de toucher le bout de fer qui avait manqué la tuer.

Quand la sirène se mettait en marche, sur tous les toits de la ville, il fallait descendre jusqu'à la cave en s'éclairant d'une bougie, jusqu'à la fin de l'alerte. Les premiers temps, Justine avait réussi à traîner son mari, mais désormais il se carrait dans son fauteuil, les mains agrippées aux accoudoirs. « Allez-y si vous voulez, moi je préfère mourir au grand air que d'être enterré comme un rat ! »

On ne mourait pas sous les bombes des Anglais et des Américains. Mais on mourait petit à petit, de ne pas manger, de ne pas respirer, de ne pas être libre, de ne pas rêver. La mer, c'était juste un trait bleu dans le lointain, entre les palmes, par-dessus les toits rouges. Ethel restait des heures à la regarder par la fenêtre de la chambre de ses parents, comme si elle attendait quelque chose. La tour penchée d'une grue sortait entre les toits des hangars, immobile, inutile. Les bateaux avaient coulé à l'entrée du port, plus rien ne pouvait entrer ou sortir. Le phare ne s'allumait plus le soir. Sur les étals du marché, il n'y avait rien, presque plus rien. Les mêmes ombres continuaient d'errer dans les allées, mais à présent les épluchures et les racines moisies se vendaient. Dans les jardins, les chats errants se mangeaient entre eux. Les pigeons avaient disparu, et les pièges que Justine disposait sur la gouttière ne servaient plus qu'à attirer des rats.

Ethel a retrouvé Maude, dans un sous-sol d'immeuble, sur le boulevard de corniche. Six ans qu'elle ne l'avait pas vue, cela lui semblait une éternité, remonter au temps de son adolescence. C'est Justine qui lui a appris où Maude vivait. L'immeuble appartenait à un vieux Russe irascible du nom de Filatief, qui occupait le premier étage et louait le rez-de-chaussée et le sous-sol à de vieux désargentés, élégants et surannés comme lui. Il logeait une personne par chambre, cuisine et salle de bains en commun. C'était spacieux, inconfortable, glacé en hiver, étouffant en été, mais Maude a accueilli Ethel avec cet enjouement un peu forcé qui lui tenait lieu d'affection. Après tout, peut-être qu'elle éprouvait des sentiments pour la fille de l'homme dont elle avait été amoureuse autrefois, du temps où elle était quelqu'un. Elle l'a même embrassée, sitôt qu'elle a ouvert la porte, sans hésitation, comme si elle l'attendait d'un jour à l'autre. Quelque chose qu'Ethel n'avait jamais aimé, d'instinct, simplement pour ne pas être en contact avec cette peau flétrie, dix fois retendue, pour ne pas sentir l'odeur de poudre de riz séchée sur les petites crevasses des rides autour des yeux et de la bouche, ni le toucher un peu collant du rouge à lèvres que Maude — on racontait cette bonne histoire avant la guerre quand on évoquait son éternelle dèche — engraissait au suint pour le faire durer.

La pièce avait un plafond bas, il faisait gris, ça sentait la pisse de chat et la misère. Justement, il y en avait, des chats. Ils couraient de tous les côtés, ombres furtives qui se glissaient sous les meubles, sautaient sur la commode, filaient entre les pieds du vieux piano désaccordé. « Mimine, Rama, Folette ! Venez voir qui est là, allons, montrez-vous, c'est Ethel, elle ne va pas vous manger ! » Elle s'excusait : « Ils seraient mieux dehors, dans le jardin, il fait beau, mais que veux-tu ? Il y a ici des sauvages qui les attrapent pour les vendre à la vivisection. On m'en a déjà tué deux, alors je suis obligée de les tenir enfermés. » Elle baissait la voix : « Je le connais, le salopard qui fait ça, mais je ne peux rien dire, on vit une drôle d'époque, tu sais. » Elle était toujours la même, un peu folle, mais amusante, énergique. Une survivante d'un temps révolu, et pourtant si vivante qu'on pouvait douter que ce temps fût vraiment terminé, imaginer que quelque part, loin de cette masure et de cette ville grise, de l'autre côté de l'horizon, à Mostaganem par exemple, les hommes et les femmes continuaient une histoire ancienne, s'amusaient au son du cake-walk et de la polka, recommençaient sans cesse la même fête, levaient le rideau rouge sur la première du *Boléro*! Elle n'était coupable de rien, songeait Ethel. Il y avait une sorte d'innocence en elle, un appétit de vivre qui l'absolvait de ses excentricités et de ses erreurs passées.

Ethel a pris l'habitude de venir à la villa Sivodnia. Au début, elle le faisait un peu par pitié, un peu par curiosité. Et puis le nom de la maison était si beau, « Aujourd'hui », cela lui rappelait Xénia, cette façon qu'elle avait de profiter de chaque instant, d'aimer la vie sans illusions, sans fausse amertume. Ce nom allait bien à Maude — il n'aurait pas été plus approprié si elle l'avait choisi elle-même.

Enfin, petit à petit, d'autres raisons s'étaient fait jour, sans qu'elle s'en rende compte. Restait la vieille question qu'elle n'avait jamais osé poser, peut-être parce qu'elle ne savait pas la formuler — peut-être qu'elle n'était même pas sûre que Maude connaissait la réponse. Cette longue relation qui avait uni cette femme à son père, avant sa naissance, avant même qu'Alexandre n'ait rencontré Justine. Une autre époque, comme on dirait une autre vie. Un sentiment qui traînait comme un nuage attardé, qui languissait, qui s'étirait tout au long d'une vie, sans avoir de nom, sans avoir d'issue. Et le souvenir d'une présence au sein de la famille, un fantôme de présence, mais ça n'avait pas été un secret pour Ethel, même si personne n'en parlait devant elle. Se pouvait-il que les adultes fussent assez bêtes pour croire qu'une enfant n'était pas capable de comprendre, à demi-mot, à quart de parole, ou même dans le silence ? Elle gardait encore le souvenir de cette soirée, quand Ethel avait huit ans à peu près, et qu'avec Maude elle était allée à la première du *Boléro*, la

163

musique qui enflait, qui grandissait, et le public debout qui criait, qui huait, qui frappait dans ses mains. Tout cela paraissait lointain comme un rêve, et pourtant, étrangement, ressurgissait ici, dans le sous-sol affreux de cette maison, lui faisait battre le cœur quand elle franchissait le portail et qu'elle lisait le nom de Sivodnia.

Elle arrivait le matin, vers dix, onze heures. Maude l'attendait derrière la porte, ouvrait avant même qu'elle ait frappé. Souvent, Ethel avait laissé passer quelques jours sans aller à Sivodnia, mais Maude la recevait sans lui faire de reproches.

Quand elle était entrée pour la première fois, Ethel avait compris l'étendue du désastre dans la vie de cette femme. Sur la table, à côté de l'évier, elle avait vu les restes du repas que Maude partageait avec ses chats. Des abats, des pelures, des croûtons trempés dans une jatte de lait. Maude mourait de faim, mais elle n'aurait jamais voulu le laisser paraître. Par la suite, elle s'efforçait de cacher la réalité. Elle trouvait de quoi préparer une collation. Des biscuits rassis qu'elle gardait depuis longtemps, quelques nèfles piquées, cueillies dans le jardin du Russe, ou bien la vieille recette mauricienne du pain perdu, trempé dans du jaune d'œuf et cuit à la poêle, le tout accompagné de son thé « imaginaire », comme elle l'appelait. Dans sa théière ébréchée, une japonaiserie qui remontait, à ce qu'elle disait, à Pierre Loti, elle inventait des décoctions, à la fleur d'oranger, d'acacia, avec des pétales de rose ou de chrysanthème, des peaux de pomme et des cônes d'eucalyptus, du thym, des feuilles de faux poivrier, de la menthe qu'elle faisait pousser dans des boîtes de conserve sur le bord du soupirail. La plupart du temps, c'était âcre, imbuvable. Ethel y trempait les lèvres, disait : « Maude, excusez-moi, est-ce que je ne pourrais pas plutôt avoir du thé blanc ? »

Elle lui apportait de petits cadeaux, des riens dont les Brun n'avaient pas besoin, et qui pour Maude étaient l'essence vitale : du riz, du sucre, de la couenne de porc si dure qu'on aurait pu en faire des semelles, de la chicorée, des rations de graisse que les chats lapaient goulûment comme si c'était de la crème.

En plein hiver, il faisait si froid dans ce sous-sol que la buée s'échappait de leur bouche quand elles parlaient. Il n'y avait rien à enfourner dans le Godin noir, même les vieux journaux qu'Ethel prenait sur la pile que Justine entreposait à la cave n'arrivaient pas à brûler à cause de l'humidité. Maude vivait enveloppée dans ses châles et ses couvertures, l'air d'une sorcière. Elle dormait avec ses chats sur sa poitrine.

Les premiers temps des retrouvailles passés, elles ne se parlaient pas beaucoup. Du moins, Ethel parlait peu, ne posait jamais de questions. Maude avait ce flot de bavardage sans queue ni tête, sinueux, imprévisible comme sa vie. Elle ne se plaignait jamais de rien. La guerre, l'occupation par l'armée italienne, tout cela lui était indifférent. Cela au fond avait à peine rétréci l'horizon de sa vie, avait seulement rendu plus compliquée la collecte des résidus. Avant, elle ne mangeait pas à sa faim, maintenant elle avait faim, voilà tout. Le sucre et le riz que lui apportait Ethel faisaient briller ses yeux, mais elle ne se précipitait pas. Quand Ethel revenait avec de nouvelles provisions, Maude lui montrait avec une satisfaction puérile : « Tu vois, il m'en reste encore. » Ou bien : « Justement, ma voisine, une pauvre vieille en aura bien besoin. » Comme si elle n'était pas vieille, pas pauvre et qu'elle n'en avait pas vraiment besoin.

C'est cet orgueil qu'Ethel avait appris à aimer chez Maude. Elle songeait à toutes les années où cette femme avait vécu dans le tourbillon de la musique, chantant sur la scène, dans les concerts, et même à bord d'un grand paquebot de croisière qui voguait d'île en île sur la Méditerranée. Elle avait occupé le devant de la scène à l'opéra de Mostaganem, elle chantait pour les colons des opérettes à la mode. Elle avait connu l'envers du rideau rouge qui frémit avant les trois coups. Que lui restait-il de ce temps? Dans ses yeux gris-vert allongés en amande — évidemment tirés par les pinces accrochées à ses tempes sous ses cheveux — Ethel cherchait à déchiffrer la séquence des souvenirs.

Maintenant, elle n'en doutait plus : la question qui la tourmentait, la question qu'elle n'avait jamais posée concernait l'amour que son père avait éprouvé pour la chanteuse au temps où il étudiait le droit rue d'Assas, un temps aussi lointain que celui de la basoche. Avaient-ils vraiment été des amants? Maude avait-elle pleuré quand Alexandre s'était marié avec cette fille de la bourgeoisie réunionnaise, plus jeune qu'elle? Était-ce alors qu'elle avait décidé de fuir, d'aller en Algérie avec le premier banquier venu, comme une demi-mondaine?

Au même instant, Ethel ressentait de la honte d'avoir songé à de telles questions, petites, inquisitoriales, ignobles. Elle refusait l'obscénité de cette vieille peau pâmée d'amour pour ce godelureau, un grand jeune homme élégant, avec ses longs cheveux noirs, sa barbe et ses yeux bleus, et son incroyable accent créole, son assu-

166

rance de fils de planteur dans la plus besogneuse capitale du monde !

Rarement, Maude exhumait des reliques. Un médaillon qu'elle disait représenter sa mère, mais qui aurait pu être le portrait de Gabrielle d'Estrées, un chapelet en ivoire et, dans une petite boîte de santal, tout un attirail de colliers et de bagues en jadéite, en lapis-lazuli, en corail, en strass, cela semblait venir du viol d'une sépulture, mais Maude a commenté, comme s'il s'agissait d'un véritable trésor : « Tu sais, ne le dis pas à ta mère, ce sera à toi après ma mort. »

Ethel, en sortant de chez elle, avait eu un léger haut-le-cœur à l'idée que dans ce bric-à-brac il pouvait y avoir une bague ou des boucles d'oreilles données autrefois par Alexandre, peut-être un souvenir de famille qu'il avait lâchement dilapidé. Au fond, ce n'était pas la perte d'un bijou qui la mettait en colère, mais le ridicule de la situation.

Cette bizarre complicité entre elle et le temps révolu, cette folie du temps perdu. Ces colliers, ces amulettes, ces perles, c'étaient aussi les larmes de sa mère, les cris, les disputes qu'elle avait entendus depuis son enfance, une sorte de hargne muette qui s'était installée dans le couple, chacun vivant à un bout du grand appartement, séparé de l'autre par cet interminable couloir, comme aux confins d'un champ de bataille après l'armistice.

Sa colère était telle qu'Ethel est restée plusieurs jours sans retourner chez Maude. Justine avait préparé une gamelle, des restes pour les chats, un baluchon de hardes. « Tu n'iras pas chez Maude ? » a-t-elle demandé. « Et pourquoi tu n'y vas pas toi-même ? » a répondu Ethel. Oui, pourquoi ? Est-ce que cette vieille histoire un peu sordide, un peu stupide, n'avait pas assez duré ? Maintenant, ils étaient vieux, on était en guerre, on crevait de faim dans les beaux quartiers. Les grandes cocottes étaient des indigentes et les cocos-bel-œil de vieux cacochymes.

Elle a repris le chemin de Sivodnia, et Maude l'a accueillie avec une humilité qui lui a fait honte. Sous l'air enjoué, les gestes absurdement mutins, Ethel a lu la détresse de la solitude, la peur de la mort, le vide. Même les chats étaient émouvants. Pour la première fois, la Minette blanc et jaune, trop maigre, a bondi sur les genoux de la jeune fille et s'est mise à pianoter en ronronnant. On aurait dit que tout était manigancé. Se pouvait-il que Maude fût sorcière à ce point, qu'elle puisse parler à l'oreille de ses bêtes pour leur faire jouer une comédie sentimentale ? Comme pour confirmer le piège, Maude avait préparé un goûter à sa façon, thé de va-savoir-quoi et, en évidence sur la table dans une assiette, une unique pomme rouge, luxe incroyable en de tels temps.

Ethel a partagé le fruit avec parcimonie, Maude et elle croquant chaque tranche sans la peler, Maude toutefois avec un seul côté de sa bouche édentée. L'histoire de la pomme a rempli la conversation ce jour-là : « Figure-toi que je suis au marché, tu sais, mes petites courses, rien de glorieux, les légumes pour la soupe, ces navets, ces racines, comment les appelle-t-on ? Il paraît que ça vient du Mexique, du Brésil, et puis les abats pour les bêtes… » Ainsi, c'était bien elle, cette ombre parmi les ombres, courbée vers le sol (Alexandre appelait cela « l'appel de la terre »), piquant sous les étals les fruits pourris et les verdures défraîchies pour remplir sa hotte.

La guerre, ç'aurait pu être cette langueur, chaque jour semblable au précédent, mais auquel un détail manquerait — une lente marche vers l'hiver. Ethel regardait Justine, assise dans la bergère rescapée devant la fenêtre, ce paysage de toits rouges et de palmes, la grue saillant au-dessus des immeubles, le phare en ruines, l'horizon couleur d'acier. Un paysage paisible, qui aurait pu inspirer des vers, servir de toile de fond à une chanson d'amour, vide, intangible, un peu perlé de froid. À droite, dominant les minoteries, le grand mât du voilier américain qui avait été coulé au début de l'Occupation par les Allemands, tel un appel à la pitié générale, une aile d'albatros foudroyé, la vengeance d'un soudard.

La rumeur était partout. Ethel avait l'impression d'être sur une île, assez loin de tout pour que rien ne parût vraiment dramatique, mais suffisamment proche pour que la vague de violence arrive, le souffle de la déflagration, quelque part, paralysant la volonté et l'imagination.

Elle ne pouvait rien. On parlait d'une armée de l'ombre, d'une résistance des patriotes, de soldats britanniques qui sautaient en parachute sur les campagnes. Mais où ?

Par instants, elle avait un besoin de musique, pas seulement d'entendre des sons, ou de jouer un nocturne. Un besoin physique, qui lui faisait mal jusqu'au centre du corps. Deux ou trois fois, elle s'était essayée sur le vieux piano chez Maude, parce que, même grinçantes, les notes d'ivoire valaient mieux pour s'exercer que les couteaux d'argent alignés sur la table de la cuisine. Mais ce n'était pas le piano qui faisait défaut, c'était la volonté.

« Joue, ma belle ! Joue, et moi je chanterai », aurait dit Maude. Rien n'était venu.

Alexandre avait baissé la tête quand, quelque temps après qu'Ethel avait commencé ses visites à Sivodnia, une bonne âme avait rapporté que Maude allait de cour en cour dans les quartiers riches pour chanter des airs d'opérette et ramasser ce qu'on lui jetait par la fenêtre. C'était terrifiant. Peut-être qu'Alexandre avait essuyé une larme furtive, la tête entre ses mains, c'est du moins ce qu'Ethel voulait croire.

La rumeur avait la forme de ces fausses nouvelles qui circulaient, captées à la radio. Les Anglais, les Américains vont… Les troupes alliées ont commencé à repousser les Japonais dans le Pacifique. Les Canadiens ont envoyé des troupes. Le pape a déclaré… Le débarquement a commencé en Calabre, en Grèce… Justine s'accrochait à ces informations, elle s'en nourrissait, quand elle les rapportait à la maison ses yeux brillaient fiévreusement. C'était une revanche sur le temps où elle se contentait d'écouter, d'acquiescer, dans le salon du dimanche, où elle avait seulement dit, d'une voix timide, ce Chemin, ce Talon, je ne les aime pas beaucoup. Le temps où elle haussait les épaules quand Alexandre s'emportait, tempêtait contre les socialistes, les anarchistes : « Tu exagères toujours tout ! »

Par moments venait l'écho des arrestations. L'hôtel Excelsior, du côté de la gare, où les prisonniers des Allemands étaient interrogés, battus, à moitié noyés. Les caves de l'hôtel de l'Ermitage, le palais où Alexandre et Justine avaient connu l'amour, où les torturés criaient la nuit avec des voix de chiens, leurs ongles arrachés, les femmes violées, un bâton enfoncé dans leur fondement, leurs bouts de sein brûlés au chalumeau. Justine n'en parlait jamais, pourtant la rumeur devait l'avoir atteinte, elle détournait le regard quand Ethel l'interrogeait. C'était comme si des démons occupaient les hauteurs de la ville, surveillaient les rues. Ethel croisait quelquefois une patrouille vert-de-gris qui marchait au pas cadencé. Ils ne ressemblaient pas aux gentils coqs italiens qui portaient son sac et l'aidaient à pousser sa bécane dans la côte.

Une seule fois, Ethel a reçu une lettre. C'est l'ancien consul des États-Unis, un Irlandais nommé O'Gilvy, qui habitait dans l'immeuble voisin. D'un air mystérieux, il a tendu à Ethel une enveloppe renforcée, fermée par une ficelle, sans nom de destinataire. Ethel a entrouvert la lettre, elle a reconnu l'écriture fine et ronde de Laurent. Elle a pris l'enveloppe, l'a cachée dans la poche de son manteau, un peu pour continuer le jeu de mystère du consul. L'homme lui a dit en baissant la voix : « Dites à vos parents de quitter la ville. Les citoyens d'origine britannique ne sont plus en sécurité, vous devez aller vous cacher dans la montagne. » Puis, sans attendre la réponse, il a tourné les talons, pour signifier qu'ils ne devaient plus se revoir.

Dans sa lettre, Laurent, à son habitude, ne disait pas grand-chose. Il parlait de politique, il critiquait l'aveuglement des gouvernants qui avaient laissé s'accomplir l'irréparable. Il se moquait des invités du salon de la rue du Cotentin, de Talon, de la générale Lemercier. Elle percevait un grincement dans ses mots, comme s'il parlait tout seul. Il ne disait rien de sa vie, rien de l'endroit où il se trouvait. C'était la guerre. Il n'y avait pas lieu de répondre.

Ethel a lu la lettre deux fois, elle s'étonnait de ressentir si peu d'émotion. C'était si froid, si loin, si anglais. Ce goût du minimum, ce ton à peine moqueur... Dans un autre pays, on continuait à boire du thé, à papoter, on avait le temps de regarder le ciel, de disserter de l'actualité. On pouvait commenter l'histoire parce qu'on en faisait partie. Ethel tenait le papier entre ses mains, elle relisait les lignes comme s'il fallait les apprendre par cœur. D'instinct, elle a refait le geste d'autrefois, approcher la feuille de son visage et la flairer, chercher une odeur familière, peut-être l'odeur de la peau salée au soleil, dans le sable des dunes. Puis elle l'a mise dans le poêle, où elle s'est enflammée d'une seule flamme claire, un peu bleue.

Ils sont partis à l'aube, comme des déménageurs à la cloche de bois. Ethel avait tout supervisé, l'autorisation de la préfecture de police, les laissez-passer, les bons d'essence — le document officiel, signé du chef de service de la Circulation sur le territoire occupé, faisait état d'une personne âgée et malade, et n'était valable que pour la journée du 14 décembre. La vieille De Dion, descendue de ses cales, a accompli le miracle. Elle a parcouru les kilomètres sans faillir, sur une route glacée au fond des gorges où pendaient les stalactites. La maison des Alberti à Roquebillière était une bâtisse de pierre laide, à la sortie du village, en face de la Vésubie. Alexandre est arrivé dans un état proche du coma. Il a fallu le traîner à l'étage, Ethel et Justine le soutenant par-derrière, Mme Alberti le hissant par-devant. Le coucher dans le lit sans le déshabiller. Son visage était devenu terreux, ses cheveux trop longs, sa barbe inculte lui donnaient l'air d'un prisonnier échappé. Justine, qui avait passé sa vie dans l'ombre du grand homme, soudain a retrouvé du courage. Elle a pris en charge le minuscule appartement, l'a nettoyé, arrangé, décoré comme si cela devait être leur résidence définitive. Alexandre peu à peu a repris ses esprits. Il n'était pas du genre à se plaindre. Il a trouvé sa place dans un fauteuil de rotin, à côté du poêle à bois, à fumer ses fausses cigarettes de poil de carotte et de cerfeuil. Ethel a cru que chaque matin Justine lui annoncerait : « Papa est mort dans la nuit. »

La vie a repris sans qu'elle s'en rende compte. Au village, il n'y avait pas de rumeurs. Les hautes montagnes alentour dressaient contre le monde extérieur un barrage glacé. Les jeunes partaient faire le coup de feu en Italie contre les fascistes, comme ils auraient chassé le chamois, sans forfanterie, mais sans se cacher. Ils franchissaient la frontière par des cols perdus dans les nuages, ils revenaient avec de la charcuterie, du tabac blond, du chocolat, des boîtes de cartouches. Ils étaient vêtus de peaux de mouton, hâlés, barbus, indomptables. Les filles ressemblaient à des paysannes de Breughel. Ethel s'est habillée comme elles, pour se cacher, mais aussi parce qu'elle les admirait. Pèlerine, jupe de laine rêche, foulard noir, galoches. Les femmes ici étaient généreuses, silencieuses. En arrivant dans la maison de la veuve Alberti, recommandées par le curé du port, Ethel et sa famille s'étaient mises sous la protection du village tout entier. Elle savait qu'ils ne la trahiraient pas, qu'ils se feraient couper en morceaux plutôt que de les dénoncer.

L'argent manquait, mais partout, à la boulangerie, à la boucherie, on leur avait ouvert crédit. « Quand la guerre sera terminée », disait Mme Alberti. C'était entendu que la guerre finirait. Ici, il n'y avait pas besoin de marcher les yeux à terre, de chercher des rognures entre les étals. Il n'y avait pas de trésors cachés à échanger contre des montres en or ou des bijoux de famille. C'était pauvre et aride, le ciel d'hiver était nu, le vent coupait, mais à l'intérieur des maisons les poêles ronflaient et cela sen-

174

tait bon la soupe et le pain aigre, la fumée de bois sec. Partout résonnait la musique claire de la rivière.

Ethel accompagnait sa mère aux courses, chaque matin. Quand le printemps est arrivé, les hirondelles remplissaient le ciel. Le soleil illuminait les sommets encore enneigés, et dans la vallée coulait une brise douce qui portait l'odeur de la mer, une odeur qui faisait frissonner Ethel.

Le couteau du boucher découpait la viande en lamelles très fines, lardées de blanc, aussitôt recouvertes de mouches bleues. Justine, à cause des soucis, disait-elle, à cause des efforts qu'elle devait faire chaque nuit pour aider Alexandre à aller aux toilettes, avait développé un ulcère à la jambe droite. Ethel voyait ces mêmes mouches qui se collaient à la jambe de sa mère, sur les bords de la plaie, elle en ressentait un haut-le-cœur, comme si les mouches étaient en train de manger sa mère vivante. Elle les chassait, mais les mouches revenaient, restaient collées à l'ulcère, même quand Justine marchait. Il aurait fallu des médicaments, des bandages. Le pharmacien local n'avait que du bleu de méthylène, dont il avait badigeonné la jambe de Justine, en vain.

Ethel regardait ses parents, Justine allongée sur l'espèce de sofa qui lui servait de lit, au fond de la pièce à vivre, Alexandre calé dans son fauteuil de rotin, la tête appuyée sur un oreiller, près du poêle éteint, un numéro du *Temps* qui datait de l'an quarante ouvert entre ses mains, en train de rêver, de s'absenter. Il était trop tard pour savoir la vérité, pour connaître leur vraie histoire, comment ils s'étaient connus, pourquoi ils avaient voulu se marier, ce qui leur avait donné l'idée de mettre une fille au monde. Ethel découvrait qu'elle ne les aimait pas, mais qu'elle avait pour eux une faiblesse. C'était un lien, peut-être une chaîne. Elle pouvait les quitter à chaque instant, partir sur la pointe des pieds, refermer doucement la porte d'entrée. Monter dans la camionnette de M. Nègre, l'épicier, comme il le lui avait proposé, et descendre les méandres de la Vésubie jusqu'à la mer. Que pouvait-il lui arriver? Elle avait vingt ans, elle savait se battre, ruser, se tirer d'affaire. Aux contrôles, elle n'avait qu'à choisir le gabelou, le carabinier, l'enjôler. Elle passerait tous les barrages. Elle irait à La Spezia, à Livourne. Elle monterait à bord d'un bateau, elle irait au bout du monde, jusqu'au Canada. Rien ne l'arrêterait.

Un matin, au mois de mai, elle a entendu un bruit inconnu. La terre tremblait, les vitres des fenêtres, les verres sur les tables. Sans prendre le temps de s'habiller, elle a couru à la fenêtre. Elle a écarté le rideau. Sur la route, le long de la rivière, une colonne militaire avançait, phares allumés. Des camions, des autos blindées, des motos, suivis par des tanks. Gris de poussière, l'air d'insectes en marche vers un nouveau territoire. Ils avançaient lentement, serrés les uns contre les autres. Ils sont passés devant la maison, ils remontaient vers le nord, vers les montagnes. Ethel restait immobile, presque sans respirer. Derrière les camions, les tanks ébranlaient la terre avec le bruit de leurs chenilles. Les tourelles des canons étaient dirigées vers l'avant. Ils semblaient des jouets inutiles.

Le bruit a réveillé Justine. Elle s'est approchée de la fenêtre en chemise de nuit, les bras un peu écartés du corps, ses pieds nus recroquevillés sur le carrelage froid. Ethel a dit dans un souffle : « Ils s'en vont. » Elle n'était pas très sûre de qui étaient « ils », même lorsque, derrière les tanks, sont apparus les camions débâchés où étaient les soldats, et le bruit des moteurs était encore plus inquiétant. Justine tirait Ethel par le bras. « Viens ! » Elle chuchotait comme si les soldats dans les camions pouvaient l'entendre. Mais Ethel résistait. Elle voulait les voir tous, jusqu'au dernier. Ces hommes vêtus de leurs lourds manteaux, serrés les uns contre les autres, la plupart sans casque, l'air épuisés de fatigue. Pas un seul n'a relevé la tête pour regarder vers les fenêtres. Peut-être qu'ils avaient peur. Cette image de vide est entrée dans l'esprit d'Ethel, a chassé tous les souvenirs antérieurs. Plus tard, elle saura que les hommes qu'elle a entrevus depuis la fenêtre de la cuisine, à Roquebillière, étaient les restes de l'armée d'Afrique du maréchal Rommel, en route vers le nord, dans l'espoir de gagner l'Allemagne par les Alpes. Elle apprendra que leur chef n'était pas dans le convoi, qu'il avait déjà regagné Berlin par avion, laissant ses troupes abandonnées dans un territoire hostile. Elle essaiera d'imaginer ce qu'avaient ressenti ces hommes, sur les plates-formes des camions, quand ils se dirigeaient vers le mur grandissant des montagnes, avec la vibration des chenilles des tanks qui les assourdissait, dans le silence des radios, sans chef, sans ordres, pour franchir à pied les montagnes enneigées du Boréon, suivis par les loups.

Le silence qui a suivi, jour après jour, mois après mois, était à peine troublé par les nouvelles qui filtraient comme un murmure lointain. Puis, un jour d'été, le brouhaha d'une autre armée, triomphale celle-là, et toute la population était descendue dans la rue pour voir l'arrivée, comme pour une course. Justine a accompagné Ethel jusqu'au pont. Vers midi, le cortège est entré dans le village. En premier, les motos et les jeeps, suivies par des camions débâchés où se tenaient debout des soldats américains, britanniques, canadiens. Sur les marchepieds, des Français en civil s'accrochaient aux portières, armés de carabines de chasse. Il y a eu quelques cris, des applaudissements. Les enfants couraient le long de la route, ils avaient déjà compris la leçon, ils tendaient leurs mains, ils appelaient les soldats : « chewing-gum ! » Ils prononçaient, avec leur accent de montagnards : « chouine-gom-me ! »

Des jets de tablettes, de paquets de pain au riz, de boîtes de corned-beef, de Spam. Justine s'est baissée, vivement elle a ramassé tout ce qui était à sa portée. Mais Ethel est restée debout, sans pouvoir bouger. Justine, trop chargée, lui a mis un paquet de pain et une boîte de Spam entre les mains. Ethel regardait sans comprendre. Elle ne sentait rien, juste ce silence étourdissant, comme après un très long vacarme. Comme si résonnaient interminablement les quatre coups du *Boléro*, non pas des coups de timbale, mais des explosions, celles des bombes qui étaient tombées sur Nice la veille du départ, qui avaient rendu liquide le sol de la salle de bains dans l'appartement et qui avaient fait hurler toutes les sirènes de la ville.

Le soir même, dans la cuisine de Mme Alberti, Alexandre et Justine dînaient en trempant parcimonieusement les tranches de pain blanc dans la soupe, un pain trop blanc,

178

sucré et fade comme une hostie, et Ethel sentait dans sa bouche le goût du Spam à la chair rosée, ceinte d'une frange d'écume jaune qui fondait sur sa langue.

Laurent est revenu de guerre. Une semaine avant, une carte est arrivée, un bout de carton imprimé par le service des armées britanniques en France, indiquant simplement la date et l'heure de son arrivée par le train de Paris. La carte précisait l'arrivée à la gare de Nice, mais tout le monde savait — sauf sans doute ceux qui l'avaient bombardé — que le pont du Var n'existait plus, que les trains ne circulaient pas.

Ethel a pris son vélo, elle a pédalé le long de la mer jusqu'à l'embouchure du Var, là où se trouvait le pont Bailey. Le train était prévu pour onze heures, mais dès neuf heures Ethel était là. Le soleil brûlait déjà. Sous les piles du pont en ruines le fleuve était grossi par la fonte des neiges, il étendait sur la mer une large tache boueuse. Les bandes de mouettes tournoyaient au-dessus de l'estuaire, à la recherche de nourriture. Le pont provisoire faisait un dos-d'âne en amont, là où le fleuve est plus étroit, mais la route qui y conduisait ressemblait à une ornière dans la terre de la berge. Des gendarmes essayaient de canaliser la circulation, les lourds camions peinaient à monter le plan incliné, leurs freins crissaient à la descente. Une foule tentait de traverser, des voyageurs portant leurs valises, des couples, des enfants. Ethel a réussi à passer en poussant son vélo. Avec le bruit des moteurs, les phares allumés, la poussière et la fumée âcre des gazogènes, elle avait l'impression que la paix n'était pas encore là.

À la gare de Saint-Laurent, ça n'allait pas bien non plus. Les locomotives essayaient de manœuvrer pour repartir, les machinistes criaient, les chefs de gare sifflaient des ordres contradictoires, les aiguillages mêmes semblaient se plaindre. Les trains qui repartaient vers Marseille étaient si chargés que les tractrices patinaient sur place en jetant des gerbes d'étincelles, à la grande joie des enfants.

À chaque arrivée, des vagues d'hommes et de femmes se pressaient sur les quais pour passer l'étroit goulet de la porte. Des soldats en uniforme, des prisonniers libérés, certains portant des pansements. Ethel se mettait sur la pointe des pieds. Elle ne savait pas vraiment pourquoi elle était venue, peut-être que Laurent arriverait d'un autre côté. Son cœur battait vite, malgré elle, elle se disait qu'elle se comportait comme une midinette, comme une fiancée. Pour se donner bonne conscience, elle avait conclu que, de toute façon, même si elle ne retrouvait pas Laurent, elle pourrait toujours revenir avec des légumes achetés aux maraîchers des bords du fleuve. C'était le seul endroit où on trouvait encore des carottes, des navets, des blettes. Avec de la chance, une demi-douzaine d'œufs.

Les passagers du train en provenance de Paris étaient tous descendus. La foule s'était écoulée autour d'Ethel. Les yeux la scrutaient, parfois quelqu'un la regardait en souriant, avec espoir. Et tout à coup, alors qu'elle allait partir, elle l'a vu. Laurent était au bout du quai, il attendait. Une silhouette étrange, avec sa tenue un peu trop grande pour son corps maigre, son pantalon kaki flottant, ses souliers noirs et sa petite valise à la main, comme quand il avait débarqué de Newhaven pour venir en Bretagne. Ethel a trouvé qu'il avait quelque chose de Charlot soldat, elle a eu envie de rire.

L'instant d'après ils s'embrassaient, non pas le baiser passionné de deux amoureux qui se retrouvent après une longue absence, mais une embrassade assez virile, les bras de Laurent autour des épaules d'Ethel, la serrant très fort contre sa poitrine.

Ethel se demandait si elle ressentirait quelque chose, juste un peu du souvenir du dernier été au Pouldu, le contact de la veste militaire rêche, et l'odeur de cet homme, le son de sa voix résonnant dans sa poitrine. Elle essayait de rejoindre le temps passé, quand ils étaient couchés dans le sable de la dune, et qu'ils pouvaient croire que tout serait facile, que cela durerait toute leur vie.

Laurent était raide, distant, comme à son habitude. En la voyant, il avait failli lui serrer la main, la vouvoyer. Il avait pensé à elle à chaque instant, durant son absence, à l'odeur de ses cheveux, au goût du sel sur ses lèvres, au sable incrusté dans les pores de sa peau. Il lui écrivait des poèmes qu'il ne pouvait pas envoyer.

Le silence avait construit un mur invisible entre eux. Laurent avait un peu honte d'avoir oublié la photo d'Ethel sur le mur de la chambrée, à Southampton, là où il l'avait épinglée au début pour faire comme les autres.

Ensuite, il y a eu la route à bicyclette, depuis les berges du fleuve, le long de la mer, mais ça ne ressemblait pas aux petits chemins du Pouldu. Le trottoir de la Promenade était obstrué de chicanes et d'arceaux barbelés, de guérites abandonnées. Plutôt que d'attendre une place dans les bus bondés, ils s'étaient lancés sur la route. Laurent pédalait les jambes écartées, Ethel était assise sur le cadre en amazone, un bras passé autour du cou de Laurent. La petite valise était accrochée au tan-sad dans le cageot à légumes ! C'était drôle, c'était épique. Trop chargé, le vieux vélo geignait et faisait des embardées. Plusieurs fois, ils se sont arrêtés pour se reposer sur le mur de soutènement, les jambes pendant dans le vide, face à la mer. Le long du chemin, les piétons regardaient le jeune couple, ce militaire britannique aux cheveux rouquins, et sa petite fiancée française en fichu et galoches. Ils applaudissaient, et Laurent leur répondait sérieusement en faisant le V de la victoire de Churchill. Il s'est même trouvé un photographe de presse pour les prendre en cliché, qu'il a dû vendre pour illustrer la première page du canard local, et qui sait ? faire avec cela le tour du monde.

Ethel riait. C'était la première fois depuis si longtemps que ça devait lui mettre des larmes dans les yeux, mais c'était bon. Ainsi leurs cœurs se réveillaient, sortaient de l'hivernage. Ils retrouvaient chaque seconde de mémoire, même si ce n'était pas l'innocence. Ils se souvenaient d'avoir été heureux.

Une seule fois, Laurent a rendu visite aux Brun, dans l'appartement sous les toits. Justine a accueilli Laurent d'un « notre sauveur » excessif, et Alexandre n'a pas semblé le reconnaître. Il n'est pas sorti de son mutisme mais, au moment du départ, il a serré les mains de Laurent sans vouloir les lâcher, une expression angoissée dans ses yeux. Peut-être qu'il comprenait qu'il était en train de perdre Ethel pour toujours.

Avant de repartir pour Paris — dans un autocar de la compagnie des Phocéens cette fois —, Laurent a demandé à Ethel : « Tu viendras vivre avec moi au Canada? » Ethel n'a pas répondu. Elle n'a pas demandé qu'il définisse ce qu'il voulait dire par « vivre avec moi ». Être sa maîtresse, sa femme? Il lui a donné son dernier poème, écrit la veille de quitter l'Angleterre. Une feuille abîmée, humide, qui sentait une drôle d'odeur, comme de sueur, de fatigue.

L'écriture au crayon s'effaçait déjà. Elle a lu :

> *Chaque seconde sans raison je pense à toi*
> *Tes yeux ta voix*
> *La façon que tu as de ne pas finir tes phrases*
> *L'odeur de ton visage*
> *Tes cheveux mouillés*
> *La marée qui montait en nous quand nous couchions*
> *dans le sable*
> *Les épines que je retirais de tes pieds quand nous mar-*
> *chions sur les dunes*
> *Tu as vécu chaque seconde avec moi dans la vulgarité*
> *des baraques à Southampton*
> *À Portsmouth*
> *À Penzance*
> *Et demain je toucherai le sol de France*
> *Je te toucherai*

Adieu

à la France, adieu au passé. Adieu à Paris.

Avant son départ pour Toronto, Ethel marchait dans cette ville qu'elle connaissait mieux que personne au monde, et qu'elle aimait et détestait plus que tout au monde. Elle respirait l'air chaud, sur le bord de la Seine, elle regardait l'eau scintiller entre les feuillages des marronniers. Il y avait une légèreté dans le ciel, les dômes et les tours semblaient flotter au-dessus des toits des maisons. Elle croisait des gens de toutes sortes, des bandes de filles rieuses, moqueuses, vulgaires, des garçons qui la scrutaient malgré son vieux manteau marron dans lequel elle se cachait. Aux carrefours, dans les coins de porte, sur les terrasses des bistros, les messieurs discutaient en fumant, ils commentaient les nouvelles, ou les résultats des courses, avec le même feu que s'il était question de leur avenir. Elle avait l'impression d'être dans une capitale étrangère.

Du côté de la rue du Cotentin, en revanche, rien n'avait changé. La banque avait loué l'appartement et l'atelier. Il semble que beaucoup de gens se soient enrichis en achetant au rabais les biens des collabos en fuite. Et Chemin ? Et Talon ? Ethel était bien sûre qu'ils s'en étaient sortis. Ils avaient même dû faire croire qu'ils avaient géré au mieux les biens confisqués aux Juifs. L'atelier de Mlle Decoux était occupé par un agent d'assurances. Ethel songeait aux animaux. Comment avaient-ils pu survivre? Sans doute avaient-ils fini à la casserole comme la plupart des chats de Paris. Il lui semblait, tandis qu'elle longeait les murs de son quartier, vers le lycée de la rue Marguerin, que des fantômes se glissaient entre les passants, la frôlaient, l'épiaient derrière les rideaux des fenêtres. Rue de l'Armorique, numéros 32 et 34, l'immeuble qui avait coûté l'avenir des Brun était enfin achevé. C'était une haute bâtisse mitoyenne à sa gauche, cinq étages d'une pierre triste qui ressemblait à du ciment, fenêtres carrées, une sorte de muraille laide et aveugle qui semblait étrangement étriquée, comme si avec le temps de malheur le bâti avait mangé la terre. À droite, le pavillon Conard, l'ennemi juré de la Maison mauve, était à l'abandon. On pouvait parier qu'avant longtemps il serait rasé à son tour et remplacé par un immeuble. Ethel ne s'est pas arrêtée. Elle n'a pas cherché à lire les noms des occupants sur les boîtes aux lettres. Elle ressentait un triomphe amer, puisque c'était elle qui avait empêché l'architecte d'ajouter la moindre joliesse à cet ensemble en refusant tout, les acanthes et les cariatides, les mosaïques et les macarons. Seul le nom restait écrit sur le linteau de la porte d'entrée, ridicule, vaguement mortifère : La Thébaïde.

Par exception, sous la pluie, avant le départ, Ethel a demandé à Laurent de l'accompagner au cimetière Montparnasse, à la recherche de la tombe de son grand-oncle.

Le gardien a feuilleté le registre des concessions perpétuelles, il a indiqué l'emplacement : « Vous ne pouvez pas la manquer, c'est à côté de l'archange Gabriel. » Effectivement, ils ont trouvé une dalle de marbre gris, sans fioritures, avec des noms gravés, certains encore lisibles, d'autres presque effacés. Le nom de Samuel Soliman est suivi de deux dates : 8 Xbre 1851-10 VIIbre 1934. Rien qu'un nom, et le bruit de sa légende.

Elle n'a gardé de Monsieur Soliman qu'une photo, un vieillard vêtu d'un paletot à l'ancienne, coiffé d'un chapeau mou, portant moustaches et favoris. À côté de lui, une petite fille sage, les cheveux bouclés, vêtue d'une robe droite avec col marin, tenant à la main un cerceau plus grand qu'elle — Ethel. C'est vrai que d'une certaine façon il ressemblait à l'archange Gabriel, grand et fort, avec ses favoris pareils à des ailes, sa canne à la main droite telle une épée.

Ils sont restés un bon moment devant la dalle, à écouter la pluie tambouriner sur le parapluie. Une vapeur montait du cimetière, une odeur de terre et d'herbe. Quelque part dans les massifs de laurier on entendait les cris des merles. Ça pouvait être un endroit pour revenir souvent, a pensé Laurent, comme on irait rendre visite à un parent très âgé. Muni d'une brosse à dents et d'une petite truelle, pour nettoyer, rejointoyer. Pour passer un crayon gras sur les lettres illisibles. Il en a ressenti un pincement au cœur. Lui n'avait pas de caveau familial pour se recueillir, pas de concession perpétuelle, ni même une simple dalle portant écrit le nom de sa tante. Rien qui l'attachât à ce sol.

Laurent et Ethel se sont mariés très vite, presque sans réfléchir. Dans la petite église Saint-Jean-Baptiste-de-

La-Salle, sous la mosaïque de Lelouët dont Alexandre Brun aimait bien se moquer — « Laissez venir à moi les petits enfants, ce serait plutôt l'ascenseur pour les morts ! »

Laurent Feld n'a pas eu d'objection de conscience. Après tout, Jésus était aussi un Juif ! Les témoins étaient, du côté de Laurent, sa sœur Edith et, pour Ethel, son vieil aumônier du temps de sa communion solennelle.

Ethel aurait bien aimé que ce soit Xénia, mais les années de guerre ont tout éradiqué, tout effacé. Xénia et Daniel Donner étaient absents, partis sans laisser d'adresse, en allés à l'autre bout du monde, ou peut-être en Suisse.

Justine n'a pas pu, ou pas voulu venir. Elle a prétexté Alexandre, son état de santé qui s'était beaucoup dégradé dernièrement, le manque d'argent, la fatigue. Mais ce devait être de la honte, quelque chose de ce genre. Elle ne voulait plus revoir la ville dont elle avait été chassée, elle ressentait du dépit, du dégoût. « À quoi bon ? Tu ne vas même pas vivre à Paris. » Ethel a fait semblant d'y croire. « Alors tu viendras nous voir là-bas. » Justine a promis. Mais prendre le bateau, le train… C'était une séparation définitive.

Paris, au mois d'août, était écrasé de chaleur, ivre de la liberté nouvelle. Des drapeaux, des banderoles. Sur les chaussées encore désertes, les blindés des Britanniques, des Américains, des Canadiens, suivis par les autos déglinguées des F.F.I. Les patriotes traversaient les places dans des autobus, agitaient des drapeaux. Dans la foule, Ethel a été happée par un groupe d'hommes, emportée comme dans un courant violent, sa main cherchait celle de Laurent. Ils la faisaient tournoyer, pivoter, valser au son d'un orchestre caché dans les fourrés. Un des hommes l'a embrassée brutalement, avec maladresse, ses mains la pelotaient, touchaient ses seins. Elle s'est débattue en criant et les hommes sont partis en courant, se sont perdus dans la nuit. Ethel s'est serrée contre Laurent, ses jambes tremblaient, son cœur battait la chamade. Quand Laurent lui a dit que c'étaient des soldats canadiens, bizarrement elle a senti un certain plaisir, elle riait. C'étaient donc eux, ses nouveaux compatriotes! Elle aurait presque souhaité les revoir, connaître leurs noms.

Les jours qui ont suivi leur mariage, ils sont allés partout, d'hôtel en hôtel. Au hasard, de quartier en quartier. Rue Blomet, hôtel Blomet. Rue Falguière, hôtel Fleuri, rue de Vaugirard, hôtel Plomion, rue Dutot, hôtel du Voyage. Du côté des gares, rue d'Édimbourg, hôtel d'Édimbourg, rue Jean-Bouton, hôtel des Voyageurs, rue du Départ, hôtel de Bretagne. Dans le Quartier latin, rue de Buci, hôtel Louisiana, rue Monsieur-le-Prince, hôtel des Balcons, rue Serpente, hôtel des Écoliers. Puis au nord, dans le quartier de la Goutte-d'Or, à Montmartre, aux Buttes-Chaumont. Les chambres étaient petites, surchauffées, mais dans la salle d'eau il fallait se doucher à l'eau froide faute de charbon pour le chauffe-eau. Ils arrivaient sans bagages, Laurent avec sa petite valise pour son rasoir et quelques accessoires de beauté pour Ethel, du linge de corps. Le regard du concierge s'allumait parfois, ou bien la logeuse leur disait d'un air entendu : « Les tourtereaux », quelque chose de ce genre. Ethel s'en souciait un peu : « Tu te rends compte, ils croient que nous ne sommes pas mariés ! » Mais lui s'en moquait, il faisait même exprès de se tromper quand il écrivait sur le registre Mademoiselle… et corrigeait aussitôt : Madame.

Ils avaient autrefois projeté d'autres voyages, d'explorer la Bretagne, d'aller en Irlande. Là, ils se contentaient de faire le tour de Paris en autobus. Ils pique-niquaient sur les bords de la Seine, ils poussaient jusqu'à la Marne. Un après-midi, Ethel a voulu emmener Laurent là où elle retrouvait autrefois Xénia, à l'allée des Cygnes. Elle a même revu, debout comme une statue de plâtre écaillé, le vieux satyre qui lorgne les amoureux dans les fourrés.

En tirant Laurent par la main, Ethel l'a conduit jusqu'à l'arbre-éléphant, d'où on voit très bien la tour Eiffel. Ils sont restés debout, parce que les bancs avaient été volés, et que la berge était trop boueuse pour s'asseoir. Les péniches passaient lentement, poussant de l'étrave une vague d'eau sale. Ethel voulait montrer à Laurent tout ce qu'elle aimait, les cheveux d'algues dans le courant, les tourbillons de lumière, les fleurs d'écume accrochées aux racines immergées. Mais Laurent ne disait rien. Il a allumé une cigarette, il l'a jetée aussitôt dans le fleuve, d'une pichenette. Il ne voulait pas rester, Ethel a pensé un instant que c'était par jalousie, parce qu'elle était venue à cet endroit en compagnie de Xénia.

Un peu plus tard, dans la chambre de l'hôtel des Entre-preneurs, rue du même nom, il s'est expliqué : « C'est un endroit terrible pour moi. Juste en face, c'est le Vél' d'Hiv, là où ma tante Léonora a été emmenée par la police avec tous les Juifs de Paris, pour être déportée vers Drancy. Je ne peux pas le voir, m'en approcher, tu comprends ? »

Ethel ne comprenait pas. Pourquoi n'en avait-elle rien su ? Elle réalisait pourquoi Laurent voulait s'en aller, ne plus jamais revenir. Ce n'était pas pour l'aventure, ni parce que au Canada il avait trouvé un job. Elle non plus, elle ne reviendrait jamais.

Une seule fois, il a emmené Ethel jusqu'à l'appartement de sa tante, rue de Villersexel. Il n'avait jamais présenté Ethel à sa tante, par timidité, ou parce qu'il n'en avait pas eu l'occasion. Ils sont montés par l'escalier jusqu'au deuxième étage, l'ascenseur était en panne depuis le début de la guerre. C'était un bel immeuble de brique, avec un hall d'entrée à portes ouvragées et vitraux, des escaliers en bois sombre garnis d'un vieux tapis rouge usé jusqu'à la corde. L'endroit était silencieux, un peu inquiétant. Au deuxième, Laurent s'est arrêté devant une porte. Au-dessus du bouton de sonnette, une plaque de cuivre, sur laquelle Ethel a lu un nom : Vicomte d'Adhémar de Berriac. Ethel s'est dit que cela ressemblait aux fameux patronymes mauriciens. Laurent est resté un moment devant la porte, comme s'il réfléchissait. « Tu ne sonnes pas ? » a demandé Ethel. Il s'est renfrogné. « Inutile, ils ne savent rien. Edith leur a demandé. Ils viennent d'emménager. Personne ne sait rien, c'est comme si ma tante n'avait jamais habité ici. » Il s'est reculé lentement, les yeux toujours fixés sur la porte, une porte assez laide, au vernis écaillé, marquée au bas par des coups, est-ce que cela pouvait être les traces des policiers qui avaient tambouriné d'impatience sur la porte avec leurs godillots en attendant que la vieille dame ait enfilé son peignoir ? Ils n'en ont pas parlé le reste de la journée, ni les jours suivants. Ils n'ont plus approché du côté de l'allée des Cygnes ou du pont de Grenelle. La ville résonnait, comme une salle trop pleine, du bruit de la fête, de l'ivresse d'être libre. On entendait les ronflements des moteurs, les klaxons, la musique des cafés, les bastringues à la Bastille, place Maubert, à la porte Saint-Antoine. Pourtant Laurent ne pouvait cesser de penser à cette plaie ouverte, cette zone de silence au centre de Paris, l'affreuse piste cycliste, les gradins, les portes refermées sur ces hommes et ces femmes, ces enfants. Arrêtés chez eux à l'aube, et conduits sans méfiance, inconscients de ce qui les attendait. À qui les policiers, bonhommes, avaient dit, ne vous en faites pas, juste un contrôle, vous savez, les nouvelles lois, c'est pour votre bien, pour votre sécurité, le gouvernement vous protège, vous n'avez rien à craindre, pas la peine d'emporter quoi que ce soit, vous serez de retour chez vous ce soir.

Laurent a parlé de la prison de Drancy, c'était la première fois qu'Ethel entendait ce nom — de grands bâtiments au nord de Paris, construits avant la guerre pour servir, ô ironie, de caserne aux gendarmes et dans lesquels Daladier avait fait enfermer les communistes. Qu'est-ce que la tante Léonora avait à voir avec les communistes? Puis il n'a plus rien dit, peut-être parce qu'il ne savait rien d'autre. Au commissariat du quartier, à la préfecture de police, on se taisait. On évoquait prudemment une enquête en cours, on suggérait poliment un dépôt de plainte. Où étaient les responsables? En fuite, ou peut-être avaient-ils été tués à la Libération, pendus à la lanterne? Il y aurait sans doute des procès, des condamnations. Mais le silence qui se creusait au cœur de Paris, en face de l'allée des Cygnes, comment pourrait-il se résorber?

Laurent avait changé. Il n'était plus le garçon qu'Ethel avait connu autrefois, qui rougissait pour un rien, et dont les filles se moquaient. Quelque chose en lui maintenant s'était endurci. Pendant leurs nuits de noces à travers les quartiers, il parlait peu. Il prenait le bus avec Ethel, il marchait dans les rues d'un pas rapide. Quand il avait trouvé un hôtel, il entraînait Ethel à la chambre. Il avait hâte de faire l'amour, jusqu'à ce que leurs corps soient trempés de sueur, haletants, plongés dans une sorte d'insensibilité voisine de la douleur.

Jamais Ethel n'avait imaginé qu'on pût être dans cet état. C'était à la fois brutal, animal, et plein d'élan et de désir. Elle se laissait emporter, comme cette fois dans la foule où les soldats canadiens l'avaient entraînée dans leur ronde. Maintenant, c'était elle qui demandait, qui exigeait. Elle se serrait contre Laurent, leurs jambes emmêlées, ventre contre ventre, ne formant plus qu'un, partageant la même peau. Ils respiraient au même rythme, tremblaient de la même énergie dans leurs muscles, leurs tendons. À peine l'acte terminé, Ethel regardait Laurent, les yeux enfiévrés, sans sourire : « On recommence ? » Comme si, chaque fois qu'elle reprenait pied, elle était à nouveau happée par le courant.

Ils ne se parlaient plus. Une fois, il avait raconté des bribes de sa guerre. Une opération dans le nord de la France, le long d'un fleuve dont il ne savait même pas le nom. Les prisonniers partout, en haillons, hagards, affamés, leurs yeux clairs dans leur visage crasseux, pareils à des clochards, à des assassins.

Peut-être n'y avait-il pas eu de guerre, songeait Ethel. Comme pour elle et sa famille errant sur les routes, puis cachées dans la montagne. Seulement des crimes, des crimes et des criminels, des bandes lancées dans les campagnes pour piller, tuer et violer. Elle n'avait pas raconté à Laurent la faim, qui rongeait le ventre chaque jour, les vieux qui se disputaient des déchets entre les étals des marchés, sur la Côte d'Azur, les vallées de l'arrière-pays où la vie était ralentie, les nuées de mouches qui mangeaient la jambe de Justine. Tout cela ne pouvait pas facilement se raconter. C'était arrivé dans un autre monde.

Les nouvelles de Xénia sont venues de façon tout à fait inattendue. Laurent a lu un numéro de *L'Illustration*, dans lequel il était question d'un événement mondain, un défilé de mode à Paris, au bois de Boulogne, dans le Relais. La photo n'était pas très nette, elle montrait des filles de la fine fleur de la bourgeoisie mais, dans le commentaire, il était question de la comtesse Chavirov. En téléphonant au Relais, puis à l'agence, Ethel a réussi à contacter Xénia. Au téléphone, sa voix était toujours la même, un peu grave, enrouée. Il y avait un flottement. Elles ont quand même pris rendez-vous, non pas à l'allée des Cygnes, mais à la terrasse du Café du Louvre. Cela aussi marquait le changement.

Ethel est arrivée en avance, elle ne s'est pas assise tout de suite. Elle n'était même pas très sûre d'avoir envie de rester. Xénia est venue seule. Elle a paru plus grande, amaigrie. Elle ne portait pas de robe extravagante, mais un strict tailleur gris, et les cheveux coiffés en chignon. Ethel ne l'aurait pas reconnue. Elles se sont embrassées, et Ethel a noté qu'elle n'avait plus cette odeur de pauvreté qui naguère faisait battre son cœur d'émotion. Elles ont parlé de choses et d'autres, comme pour éviter le passé. Xénia avait toujours le même regard, mais avec quelque chose de plus froid.

« Et de ton côté ? »

Elle venait de parler de son mariage, de l'entreprise de haute couture qu'elle voulait créer, de l'appartement que Daniel avait acheté dans un beau quartier, près de la tour Eiffel. Elle n'écoutait Ethel que d'une oreille distraite. Elle avait des tics nerveux qu'Ethel ne lui connaissait pas, elle se grattait la tempe droite, elle faisait claquer les jointures de ses doigts.

La terrasse était au soleil, il faisait déjà très chaud. Peu à peu elles ont retrouvé l'engouement d'autrefois. Xénia n'avait pas perdu son sens du coq-à-l'âne, elle se moquait des filles court vêtues attablées avec des pioupious américains. « Les mêmes qui fricotaient avec les Allemands l'hiver dernier ! » Elles ont évoqué le temps du lycée de la rue Marguerin, les pions, le prof de français qui faisait du gringue, Mlle Jeanson avec sa robe qui se soulevait dans le vent, les filles, celles qui s'étaient mariées parce qu'elles étaient enceintes, celles qui avaient trouvé du boulot au ministère de la Marine, ou dans les Postes. Quand Ethel a parlé de Laurent, et de sa vie nouvelle avec lui au Canada, il lui a semblé que ça ne faisait pas plaisir à Xénia. Elle n'arrivait pas à imaginer que Xénia pût la jalouser, être de ces personnes qui n'acceptent pas le bonheur des autres. « Je suis bien contente pour toi, parce que franchement... » Qu'est-ce qu'elle était en train de dire ? Xénia continuait, et pour une fois ce n'était pas du sarcasme. « Tu vois, quand j'en parlais avec les autres, au lycée, on pensait que tu allais mal tourner, que tu serais comme la Karvélis, ou comme cette femme qui sculptait des chats, dont tu m'avais parlé, comment s'appelait-elle ? » Ethel regardait Xénia, elle s'étonnait de ne pas ressentir de honte. Dans le fond, elle préférait que tout se finisse dans la banalité. La grâce de l'extrême jeunesse envolée, il ne restait plus en Xénia qu'une femme comme les autres, toujours très belle, certes, mais un peu vulgaire, un peu méchante, probablement insatisfaite. C'était mieux. On ne pouvait pas passer sa vie à adorer une icône.

Là-dessus, Daniel Donner est arrivé. Il n'était pas tel qu'Ethel l'avait imaginé. Il était grand, brun, élégant, l'air sérieux. Il s'est assis en face de Xénia pour boire un expresso. Il ne parlait pas beaucoup, fumait cigarette sur cigarette, essuyait posément ses lunettes. À un moment, comme Ethel évoquait le travail de Xénia, la possibilité de créer sa griffe, d'étendre son projet à l'Amérique, Daniel a coupé : « Moi, tout ce que je veux, c'est vivre une vie normale. » Ethel s'est sentie offensée pour son amie, mais Xénia n'avait pas l'air de se demander ce que c'était, pour ce garçon, une « vie normale ». Elle tenait Daniel par le bout des doigts, c'était sa propriété, elle était prête à tout accepter. Ethel a compris que leur amitié n'existerait plus. Cela lui fut confirmé l'instant d'après, par un bref regard que Xénia et Daniel ont eu entre eux, l'air de se dire : « Bon, on s'en va ? »

Ethel s'est levée précipitamment, elle a tenu à payer les consommations. Elle a serré la main de Daniel, elle a fait un petit signe à Xénia, elle a bredouillé : « *Da Svideniya ?* » en souvenir d'autrefois. Peut-être qu'elle sentait confusément qu'elle aussi était devenue égoïste. Elle est partie en courant, comme si elle était en retard.

Alexandre est mort ces jours-là, pendant que Laurent et Ethel voyageaient dans les rues de Paris d'hôtel en hôtel, qu'ils étaient injoignables. Un œdème avait envahi ses poumons, il s'était étouffé. La guerre des microbes avait duré au-delà de l'armistice et des bombardements. C'étaient eux qui l'avaient remportée.

L'enterrement a eu lieu à Nice, dans un cimetière tout neuf, sur les hauteurs à l'ouest, très loin de la ville, une nécropole pour les étrangers, de simples coffres de béton à flanc de colline. Il n'y avait pas d'autre choix. Le caveau de Montparnasse, où dormait Monsieur Soliman, était inaccessible, il n'y avait plus de cerceuils plombés pour le voyage en train, et puis il faisait trop chaud. Quand elle est arrivée, Alexandre attendait à la morgue. L'employée a expliqué que c'était à cause de l'odeur, il y avait urgence. Aidée par Laurent, Ethel s'est occupée de tout, a tout payé, avec de l'argent emprunté à son mari. Sur le devant du tiroir mortuaire, elle a refusé toute phraséologie, au scandale de l'ordonnateur : « Au moins, R.I.P., mademoiselle, c'est le minimum. » Il était sans doute payé à la ligne. « Non, mon père détestait le latin. Vous mettrez seulement le nom, la date de naissance et la date de la mort, un point c'est tout. » Elle avait retrouvé le ton avec lequel elle avait refusé les cariatides sur la façade de la rue de l'Armorique.

L'espace d'un instant, tout le monde, ou presque, s'est retrouvé chez Justine. Les tantes mauriciennes, les cousins du côté Soliman, et même le colonel Rouart et la générale Lemercier qui avaient ravalé leurs rancœurs passées. Cela pouvait donner l'illusion d'une famille à nouveau, comme s'il ne s'était rien passé, ou que la mort d'Alexandre avait lavé ces gens de leur ineptie, qu'ils n'avaient été pour rien dans le drame et l'horreur qui venaient de se terminer.

Ethel les regardait attentivement, elle cherchait à les rattacher au passé, au temps de son enfance. Mais l'esprit n'y était plus. La fêlure ne pouvait pas être réparée.

196

Elle avait hâte de partir à l'autre bout du monde, de commencer à vivre enfin.

Après la veillée et les funérailles, Justine avait organisé une brève réunion à l'appartement. Ça n'était pas le salon de la rue du Cotentin avec ses tours de chant et ses conversations brillantes. Mais, par la fenêtre mansardée, on voyait la mer étinceler au loin, à nouveau les voiliers et les pointus qui revenaient de la pêche, les cargos de Corse qui se dirigeaient vers la rade de Villefranche. Immobiles au large, comme des cerbères, les croiseurs britanniques et américains. Sur l'aire du port, la reconstruction avait déjà commencé, on démolissait à la masse les murs de protection, les plates-formes des canons et, le soir, l'œil du phare s'allumait à nouveau sur sa tour de Meccano.

« Pourquoi ne viendrais-tu pas vivre avec nous ? » a redemandé Ethel. Justine n'a même pas poussé un soupir. « Qu'est-ce que je ferais là-bas ? Je vous encombrerais... Je suis trop vieille, trop fatiguée. C'est vous qui viendrez me voir de temps en temps, j'espère. »

Elle a eu un geste instinctif, presque choquant. Elle a posé sa main à plat sur le ventre d'Ethel : « Quand il naîtra, préviens-moi, pour que je fasse une petite prière. » Comment avait-elle deviné ? L'arrêt de ses règles, Ethel n'en était pas encore vraiment sûre, elle n'en avait même pas parlé à Laurent. Justine a eu un petit sourire complice, une sorte de grimace attendrie. « Écris-moi pour me dire si ça pousse en pointe, comme ça je saurai si c'est un garçon. »

C'était elle qui avait raison, pour une fois. Elle appartenait déjà à cette ville. Du balcon de sa chambre, en se penchant, elle pouvait apercevoir au bout de la baie la colline âpre où Alexandre était inhumé. Dans le petit appartement sous les toits, elle avait réuni tous les souvenirs de leur vie commune, les objets, les bouquins, les meubles qui avaient survécu au déménagement et à la vente aux enchères. Des tableaux, des gravures. Un dessin à l'estompe que Samuel Soliman avait fait à dix-sept ans, avant de quitter Maurice, qui représentait le Pieter Both sous le clair de lune. Dans le corridor, elle avait religieusement accroché la panoplie des cannes-épées qui avait traversé la France en voiture. Depuis la mort d'Alexandre, Justine avait développé un grand bon sens pour les affaires. Le reliquat de l'héritage de son oncle, placé en viager chez un notaire, lui permettrait de survivre. Avec cela, elle pourrait même continuer à donner un peu d'argent à la tante Milou, faciliter son entrée dans une maison religieuse. Les autres avaient de quoi se débrouiller. Peut-être qu'elle avait déjà pardonné à Maude, et qu'elle lui enverrait de petits colis pour qu'elle ne meure pas de faim. Elle prendrait même une ou deux fois par semaine le chemin de Sivodnia.

Aujourd'hui

C'est la fin de la journée, peut-être. En juillet, à Paris, la chaleur rend les chambres d'hôtel suffocantes. Pour échapper à l'étouffement, je marche du matin jusqu'au soir, je marche au hasard des rues.

Je ne suis pas allé voir les monuments. D'une certaine façon je ne me sens pas touriste. Quelque chose me relie à cette ville, malgré la distance, sans que je puisse savoir quoi. Un sentiment étrange, entre culpabilité et méfiance — ou peut-être du dépit amoureux. D'instinct mes pas — et les transferts de bus — m'ont conduit au sud de la ville, au quartier que je connais bien par ouï-dire. C'est la suite des noms de rues, boulevards, avenues, places et placettes que ma mère a répétée depuis l'enfance, que j'ai apprise par cœur. Chaque fois qu'elle évoquait Paris, c'étaient ces noms qui revenaient :

RUE FALGUIÈRE
RUE DU DOCTEUR-ROUX
RUE DES VOLONTAIRES
RUE VIGÉE-LEBRUN
RUE DU COTENTIN
RUE DE L'ARMORIQUE
RUE DE VAUGIRARD
AVENUE DU MAINE
BOULEVARD DU MONTPARNASSE

Et aussi :

RUE DES ENTREPRENEURS
RUE DE LOURMEL
RUE DU COMMERCE
NOTRE-DAME-DU-PERPÉTUEL-SECOURS

J'ai cherché l'endroit où autrefois se trouvait le Vél' d'Hiv.
Cela s'appelle aujourd'hui la Plate-Forme.

Une esplanade en hauteur, désertique, balayée par le
vent, où jouent quelques enfants. Elle est entourée par de
hauts immeubles, des tours de quinze étages, dans un tel
état de délabrement que j'ai cru d'abord qu'elles étaient
condamnées. Puis j'ai vu du linge à sécher sur les balcons,
des paraboles, des rideaux aux fenêtres. Dans des jardinières, des géraniums brûlés.

C'est un désert, un no man's land en suspens. Les
immeubles sont affublés de noms étranges, prétentieux,
un décor de science-fiction : ils s'appellent Îlot Orion, Tour
Cassiopée, Bételgeuse, Cosmos, Oméga, Tour des Nébu-
leuses, Tour des Reflets. Naguère on aurait donné des noms
de déesses grecques, indiennes, scandinaves. Au temps
où on a construit la Plate-Forme, les architectes rêvaient
d'espace, ils revenaient d'autres mondes, ils avaient été
enlevés par des extraterrestres — ou bien ils allaient trop
au cinéma.

Je marche sur la Plate-Forme fissurée. Il n'y a pas d'ombre,
le ciment et les murs des immeubles renvoient une lumière
crue qui fait mal. Les gosses de tout à l'heure m'ont rejoint,
le bruit de leurs voix résonne avec une sorte d'écho. L'un
d'eux, j'ai entendu les autres dire son nom, Hakim, s'est

approché : «Vous cherchez quoi ? » Il est provocateur, agressif. Cette esplanade abandonnée, ces tours, c'est à eux, c'est leur terrain de jeux et d'aventures. Ici, sous leurs pieds, il y a cinquante ans, il s'est passé cette chose atroce, impossible à imaginer, impardonnable. Peut-être les mêmes voix des enfants qui jouaient à se poursuivre entre les rangées de sièges, qui riaient, qui s'interpellaient, et le même écho qui résonnait contre les murs fermés du stade, par-dessus les plaintes et les récriminations des femmes. Sur la Plate-Forme, des morceaux de béton sont tombés des façades. La Tour des Reflets est revêtue d'un carrelage turquoise. Orion est bleu de nuit. Le Cosmos est barré de longs balcons ornés d'une roue dans laquelle est fixée une sorte de croix ansée, autrefois dorée, qui fait penser au signe ankh des anciens Égyptiens. Ce sont les pyramides de notre ère, aussi vaniteuses et inutiles que leurs glorieuses ancêtres — certainement moins durables. Une tour immense et étroite, cylindrique, pareille à un minaret, domine tout le quartier et, d'après sa position, je calcule qu'elle doit être à peu près exactement au centre géométrique de la piste du Vél'd'Hiv.

Au bout des terrasses, passé le restau chinois abandonné, les escaliers pourris de Bérénice (encore un nom étrange), j'ai retrouvé la ville. C'est en dessous de la Plate-Forme, les rues couvertes, les garages, la station Fina, un super-quelque chose, des séries de bureaux vides, presque louches. Rue des Quatre-Frères-Peignot, rue Linois, rue de l'Ingénieur-Robert-Keller. Où étaient les gradins ? Où la porte par laquelle Léonora a dû passer, avec tous les prisonniers, quand elle a débarqué de la camionnette de police ? Qui les attendait ? Y avait-il quelqu'un qui pointait les noms, comme pour une invitation à une fête ? Ou bien les a-t-on laissés là, devant l'entrée, en plein soleil, à regarder la gigantesque piste du cirque, comme si les jeux allaient commencer? Elle a dû chercher des yeux un visage connu, une place pour s'asseoir, un coin à l'ombre, peut-être les toilettes. Elle a dû comprendre tout d'un coup le piège qui s'était refermé sur elle, sur tous ces hommes et femmes, sur les enfants, comprendre que ce ne serait pas pour une heure ou deux, ni une journée, mais pour toujours, qu'il n'y aurait pas d'issue, pas d'espoir…

J'ai poussé la porte du musée photographique qui jouxte la synagogue. Mon instinct m'avertit que ça doit être à la verticale de la haute cheminée blanche au centre de la Plate-Forme. Je ne suis pas particulièrement intéressé par les lieux de culte. Ici, ce n'est pas pareil. Les visages sur les photos pénètrent mon esprit, forcent une voie jusqu'à mon cœur, entrent dans ma mémoire. Ce sont des visages anonymes, qui n'ont aucune relation avec moi, et pourtant je ressens le choc de leur réalité, comme autrefois quand je lisais aux archives de la rue Oudinot les registres des esclaves vendus à Nantes, à Bordeaux, à Marseille.

MARION, CÂFRESSE, ÎLE DE FRANCE. KUMBO, CÂFRESSE, ÎLE DE FRANCE. RAGAM, MALBAR, PONDICHERRY. RANAVAL, MALGACHE, ANTONGIL. THOMAS, MULÂTRE, BOURBON.

Les enfants debout au bord de la piste, les adultes à l'arrière-plan. À Drancy, au pied des grands immeubles rectilignes, si semblables à ceux des nouveaux ghettos de Sartrouville, Rueil, Le Raincy. Ils sont vêtus de pardessus trop chauds pour la saison, les enfants portent des bérets. L'un d'eux, au premier plan, a une étoile accrochée à la place du cœur. Ils sourient à l'objectif, ils semblent poser pour un portrait de famille. Ils ne savent pas qu'ils vont mourir.

Sur une carte, je lis la géographie de l'horreur :

Fuhlsbüttel
    Neuengamme

Esterwegen   *Ravensbrück*
                Sachsenhausen
                Orianenburg   *Treblinka*
Hertogenbosch   *Bergen-Belsen*   *Kulmhof*
  Moringen *Dora*   *Lichtenburg*
                            Sobibor
Niederhagen-Wewelsburg *Bad-Suza*   *Lublin-Majdanek*

      Buchenwald *Sachsenburg* *Gross-Rosen* *Belzec*

        Theresienstadt   *Plaszow*
                    Auschwitz-Birkenau

Hinzert   *Flossenbürg*

Natweiler-Struthof
      Dachau
          Mauthausen

Les noms des gares de transit aussi, Drancy, Royallieu, Pithiviers, Riviera di Sabba, Bolzano, Borgho san Dalmazzo, Ventimiglia. Il faudrait aller partout, connaître chacun de ces lieux, comprendre comment la vie y a repris, les arbres qu'on y a plantés, les monuments, les inscriptions, mais surtout voir les visages d'aujourd'hui, de tous ceux qui y vivent, écouter leurs voix, les cris, les rires, le bruit des villes qui se sont construites alentour, le bruit du temps qui passe…

C'est vertigineux, nauséeux. Je marche dans les rues, le long de la Plate-Forme. Sur le quai de Grenelle, les autos, les autobus font un long serpent de fer dont les anneaux se télescopent aux carrefours en klaxonnant. La Seine doit avoir l'aspect qu'elle avait ces jours de juillet 42, peut-être Léonora et les autres l'ont-ils aperçue entre les barreaux de la fenêtre du car de la police tandis qu'ils roulaient vers le vélodrome. Les fleuves lavent l'Histoire, c'est connu. Ils font disparaître les corps, rien ne reste très longtemps sur leurs berges.

Ma mère ne m'a jamais parlé de l'allée des Cygnes. Pourtant, d'instinct, j'ai descendu l'escalier jusqu'au long chemin au milieu du fleuve, à l'ombre des frênes. Malgré la beauté de l'endroit, les promeneurs sont rares. Un couple accompagné d'une petite fille de huit ans, quelques touristes sud-américains, ou italiens, une jeune femme japonaise vêtue de noir qui photographie les arbres. Deux ou trois couples d'amoureux sur les bancs, qui se parlent à voix basse et ne regardent pas la tour Eiffel.

Je me suis arrêté près d'un vieil arbre contorsionné, au

bord de la Seine. Avec ses branches basses, je trouve qu'il ressemble à un animal, une sorte de reptile sorti de la boue du fleuve. À son pied, entre les racines, de longues algues noires ondulent comme des cheveux.

En face, de l'autre côté du fleuve, la Plate-Forme paraît irréelle dans la brume de chaleur. Je regarde les grands immeubles, contre le ciel de la fin du jour ils sont pareils à des stèles noires. Au mitan, l'invraisemblable tour sans tête, sans yeux, se fond dans les nuages. Je comprends qu'il n'est pas nécessaire d'aller plus loin. L'histoire des disparus, c'est ici qu'elle est plantée, pour toujours.

Avec le même mouvement lent du fleuve, la ville dérive, laisse fluider sa mémoire. C'est Hakim, le gosse de la Plate-Forme, qui a raison. Son regard dur, son front lisse, ses yeux sombres : « Vous cherchez quoi ? »

L'île des Cygnes, l'île Maurice. *Isla Cisneros.* Je n'avais jamais fait le rapprochement. C'est à cela que je pense en gagnant l'autre rive, en pressant le pas à cause de l'averse qui descend la Seine, et j'ai du mal à réprimer un sourire.

Les dernières mesures du *Boléro* sont tendues, violentes, presque insupportables. Cela monte, emplit la salle, maintenant le public tout entier est debout, regarde la scène où les danseurs tourbillonnent, accélèrent leur mouvement. Des gens crient, leurs voix sont couvertes par les coups de tam-tam. Ida Rubinstein, les danseurs sont des pantins, emportés par la folie. Les flûtes, les clarinettes, les cors, les trompettes, les saxos, les violons, les tambours, les cymbales, les timbales, tous sont ployés, tendus à se rompre, à s'étrangler, à briser leurs cordes et leurs voix, à briser l'égoïste silence du monde.

Ma mère, quand elle m'a raconté la première du *Boléro*, a dit son émotion, les cris, les bravos et les sifflets, le tumulte. Dans la même salle, quelque part, se trouvait un jeune homme qu'elle n'a jamais rencontré, Claude Lévi-Strauss. Comme lui, longtemps après, ma mère m'a confié que cette musique avait changé sa vie.

Maintenant, je comprends pourquoi. Je sais ce que signifiait pour sa génération cette phrase répétée, serinée, imposée par le rythme et le crescendo. Le *Boléro* n'est pas une pièce musicale comme les autres. Il est une prophétie. Il raconte l'histoire d'une colère, d'une faim. Quand il s'achève dans la violence, le silence qui s'ensuit est terrible pour les survivants étourdis.

J'ai écrit cette histoire en mémoire d'une jeune fille qui fut malgré elle une héroïne à vingt ans.

CONVERSATIONS AVEC PIERRE LHOSTE (« Littérature générale »).

L'AFRICAIN (« Traits et Portraits ») (« Folio », n° 4250).

Aux Éditions Stock

DIEGO ET FRIDA (repris en « Folio », n° 2746).

GENS DES NUAGES, en collaboration avec Jemia Le Clézio. *Photographies de Bruno Barbey* (repris dans « Folio », n° 3284).

Aux Éditions du Seuil

RAGA.

Aux Éditions Skira

HAÏ.

Aux Éditions Arléa

AILLEURS. Entretiens avec Jean-Louis Ezine sur France-Culture.